第五冊

哈哈星球 譯注
陳偉 繪

5

商務印書館

責任編輯　馮孟琦
裝幀設計　涂　慧　趙穎珊
排　　版　高向明
責任校對　趙會明
印　　務　龍寶祺

輕鬆學文言（第五冊）

譯　　注　哈哈星球
繪　　圖　陳　偉
出　　版　商務印書館（香港）有限公司
　　　　　香港筲箕灣耀興道 3 號東滙廣場 8 樓
　　　　　http://www.commercialpress.com.hk
發　　行　香港聯合書刊物流有限公司
　　　　　香港新界荃灣德士古道 220-248 號荃灣工業中心 16 樓
印　　刷　中華商務彩色印刷有限公司
　　　　　香港新界大埔汀麗路 36 號中華商務印刷大廈
版　　次　2023 年 7 月第 1 版第 1 次印刷

　　　　　ISBN 978 962 07 4666 6
　　　　　Printed in Hong Kong

原著為《有意思的古文課》
哈哈星球 / 譯注，陳偉 / 繪
本書由二十一世紀出版社集團有限公司授權出版

目錄

注：帶📖的文章為香港教育局中國語文課程的文言文建議篇章。

送孟東野序

韓愈

姓名　韓愈

別稱　字退之，世稱韓昌黎、昌黎先生

出生地　不詳

生卒年　公元 768—824 年

逆襲考神

考了四次進士，博學宏詞科三次落榜
三十五歲時被任命為國子監四門博士

唐代名師

招賢納士廣開言路，改革人才選拔體制
《師説》為尊師重道之名篇

能上戰場的書生

軍事戰略有奇謀，一介書生單刀赴會

生命指數

57 歲

因為是朋友，所以告訴你

貞元十八年，風起洛陽，五十二歲的孟郊打開一封信，讀到第一句：「大凡物不得其平則鳴。」此時自他離開江南到長安應考，已過十載。年過半百才謀得一官半職，孟郊一時竟不知是喜是悲。

寫信人是韓愈，他小孟郊十七歲，一樣的清貧，一樣的屢試不第。他忘了何時開始讀孟詩，卻記得在這亂世，第一次找到了惺惺相惜。都說孟詩寒瘦，韓愈卻讀出了美的力量。在無數個苦讀之夜，無數次上書無門的漫長等待中，孟詩如一束光，映出他生命的倒影。

和自己的偶像成為莫逆之交，是韓愈一生的幸事。偶像落魄，他寫信鼓勵；偶像赴任，他比自己登科還高興；偶像撒手人寰，他把靈堂設在自己家裏，完成最後的迎來送往。因為崇拜，所以體恤，你還在，我便不會放棄自己的人生。

世間到底何為友情，韓孟給出了最好的答案。

1 大凡物不得其平則鳴。草木之無聲，風撓（náo）之鳴；水之無聲，風盪之鳴。其躍也或**激**之，其趨也或**梗**之，其沸也或**炙**之。金石之無聲，或擊之鳴。人之於言也亦然，有不得已者而後言。其**謌**（gē）也有思，其哭也有懷

。凡出乎口而為聲者，其皆有弗平者乎！

撓：攪動、搖動。　**激：**阻遏水勢。　**梗：**阻塞。　**炙：**燒煮。　**謌：**同「歌」。

❶

一般說來事物得不到平靜就會發出聲音。草木（本來）沒有聲音，風搖動它（才）發出聲響；水（本來）沒有聲音，風震盪它（才）發出聲響。波浪騰湧（是因為）有甚麼東西在阻遏它，水流湍急（是因為）有甚麼東西阻塞了水道，水沸騰（是因為）有甚麼東西在燒煮它。金屬和石頭（本來）沒有聲音，有人敲擊它們就會響。人在說話方面也是這樣，有了不得不說出的事情後就要說出來。他們唱歌（是因為）有所思慮，他們哭泣（是因為）有所懷戀。凡是從口中發出而形成聲音的，大概都存在着不平的原因吧！

日益精進

孟郊

字東野，詩風以矯激著稱，生平頗不得志，五十歲才任溧陽縣尉。本文中，韓愈為他深抱不平，勉勵他以「不平」之音來歌唱，寓意深刻，發人深省。

②　樂（yuè）也者，鬱於中而泄於外者也，擇其善鳴者而**假**之鳴。金、石、絲、竹、匏（páo）、土、革、木八者，物之善鳴者也。**維**天之於時也亦然，擇其善鳴者而假之鳴。是故以鳥鳴春，以雷鳴夏，以蟲鳴秋，以風鳴冬。四時之相**推敓（duó）**，其必有不得其平者乎！

假：藉助。　**維：**句首語氣詞。　**推敓：**推移變化。

2

音樂，是（人們）鬱結在心中（的感情）抒發出來（所形成）的，（人們）選擇善於發音的器物來藉助它奏鳴。金、石、絲、竹、匏、土、革、木這八種樂器，是器物中善於發聲的。上天對於一年四季也是這樣，選擇善於發聲的事物藉它來發聲。因此讓鳥為春天歌唱，讓雷為夏天轟鳴，讓蟲兒為秋天鳴叫，讓風為冬天呼嘯。一年四季的推移變化，一定有它不能平靜的原因吧！

日益精進

黃鐘大呂

黃鐘，我國古代音韻十二律中六種陽律的第一律。大呂，六種陰律的第四律。借指莊嚴、正大、高妙的音樂或文辭。

3 其於人也亦然。人聲之精者為言，文辭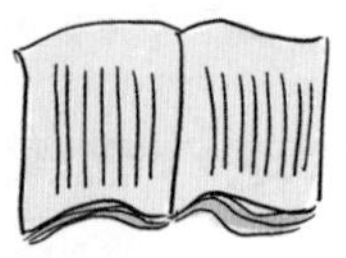之於言，又其精也，尤擇其善鳴者而假之鳴。其在**唐**、**虞**，**咎陶**(gāoyáo)、禹(yǔ)，其善鳴者也，而假以鳴。**夔**(kuí)弗能以文辭鳴，又自假於《**韶**》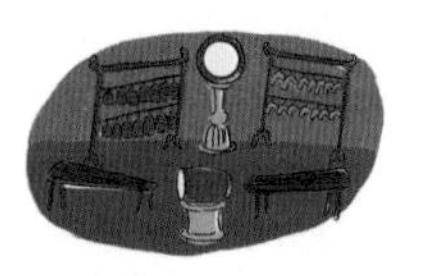以鳴。夏之時，**五子**以其歌鳴。**伊尹**鳴殷，**周公**鳴周。凡載(zǎi)於《詩》《書》六藝，皆鳴之善者也。

唐、虞：指上古堯、舜執政的時代，空間上在上古中國的中原地區。

咎陶：傳說為舜時的臣。　**夔：**傳說是舜時的樂官。　《**韶**》**：**相傳為樂官夔所作的樂曲。

五子：傳說為夏王太康的五個弟弟，曾作歌諷諫太康。　**伊尹：**商初賢相。

周公：西周初重要政治家。

③

這道理對於人來說也是一樣的。人類聲音的精華是語言，文辭對於語言來說，又是語言中的精華，（所以）尤其要選擇善於表達的人來藉助他們發言。在唐、虞時代，咎陶、禹是善於表達的，就藉助他們來發表言論。夔不能用文辭來表達，就藉（演奏）樂曲《韶》來表達。夏朝的時候，五子用他們的歌詩來表達心聲。伊尹鳴殷商（之音），周公唱周朝（之聲）。凡是記載在《詩經》《尚書》等「六經」中（的詩文），都是歌詠心聲的美好篇章。

日益精進

古代五音

古人把宮、商、角（jué）、徵（zhǐ）、羽稱為「五聲」或「五音」，相當於現代音樂簡譜上的 1、2、3、5、6，即宮等於 1（Do），商等於 2（Re），角等於 3（Mi），徵等於 5（Sol），羽等於 6（La）。從宮到羽，按照音的高低排列起來，形成一個五聲音階。

周之衰，孔子之徒鳴之，其聲大而遠。傳(zhuàn)曰：「天將以夫子為**木鐸**(duó)。」其弗信矣乎

？其末也，**莊周**以其荒唐 氣勢奔放 之辭鳴。楚，大國也，其亡也，以屈原鳴。臧(zāng)孫辰、**孟軻**、**荀卿**，以道鳴者也。楊朱、**墨翟**(dí)、管夷吾、晏嬰、**老聃**(dān)、申不害、韓非、慎到、田駢、鄒衍、尸佼(jiǎo)、孫武、張儀、蘇秦之屬，皆以其術鳴。秦之興(xīng)，李斯鳴之。

木鐸：以木為舌的鈴。　**莊周：**莊子，戰國時哲學家。　**孟軻：**孟子，戰國時思想家。
荀卿：荀子，戰國時思想家。　**墨翟：**墨子，春秋戰國之際思想家。
老聃：老子，春秋時思想家。

周朝衰落時，孔子師徒發出呼喊之聲，他們的聲音洪大而傳播遙遠。經傳上說：「上天將讓孔子作為（傳佈大道的）鈴。」這難道不是真實可信的嗎？周朝末年，莊周用他那汪洋恣肆的文辭來表達。楚國是大國，它在危亡的時候，通過屈原來（為它）歌吟。臧孫辰、孟軻、荀卿，是用道來表達的。楊朱、墨翟、管夷吾、晏嬰、老聃、申不害、韓非、慎到、田駢、鄒衍、尸佼、孫武、張儀、蘇秦這類人，都用他們的學術來表達。秦朝興起，李斯為它頌歌。

日益精進

鐸

中國古代樂器，是大鈴的一種，有舌，盛行於春秋至漢代。木鐸就是木舌的鈴，古代有政令發佈時，先搖木鐸以引起注意，召集民眾。

漢之時，司馬遷、相如、揚雄，最其善鳴者也。其下魏、晉氏，鳴者不及於古，然亦未嘗絕也。就其善者，其聲清以**浮**，其節**數**(shuò)以**急**，其辭**淫**以哀，其志弛以**肆**，其為言也，亂雜而無章。將天醜其德莫之顧邪(yé)？何為乎不鳴其善鳴者也？

浮：虛浮。　**數：**屢次，頻繁。　**急：**急促。　**淫：**辭藻靡麗。　**肆：**放縱。

漢朝時，司馬遷、司馬相如、揚雄，是其中最善於文辭的。以後的魏、晉時期，文辭上（雖然）無人趕得上古代，但也從未斷絕過。就其中文辭比較好的（來説），他們的聲音清靈而虛浮，他們的節奏繁密而急促，他們的文辭靡麗而哀傷，他們的意志鬆弛而放縱，他們在語言表達上，雜亂而沒有規則。大概是上天認為這時的道德風尚醜惡而不給予關照吧？為甚麼不讓他們當中善於文辭的來表達呢？

日益精進

「天醜其德」

韓愈認為，從唐、虞到漢代有很多「善鳴者」，魏、晉以後則「鳴不及於古」，並推測原因或許是「天醜其德」。這其實是含糊其詞的説法。韓愈意在指出亂世之中大批人才被埋沒、被輕視的事實，流露出對歷代當權者壓抑、摧殘人才的強烈不滿。

4 唐之有天下，陳子昂、蘇源明、元結、李白、杜甫、李觀，皆以其所能鳴  。其存而在下者，孟郊東野始以其詩鳴  。其高出魏、晉，**不懈**而及於古，其他**浸淫**乎漢氏矣。從吾**遊**  者，李翱、張籍其**尤** 

也。三子者之鳴**信**  善矣。

不懈：這裏是無懈可擊的意思。　**浸淫：**逐漸接近。　**遊：**交遊，交往。　**尤：**突出，優秀。
信：確實。

4

唐朝擁有天下（以後），陳子昂、蘇源明、元結、李白、杜甫、李觀，都憑他們的出眾才華來表達心聲。仍然健在而處於下位的人當中，孟郊開始用他的詩歌來表達感情。他的詩歌超過了魏、晉，無懈可擊已達到了上古的水平，其他作品也都接近了漢朝的水準。同我交往的人中，李翱、張籍大概是最突出的。這三位先生的文辭確實是很好的了。

日益精進

張籍

韓愈大弟子，因擅長寫樂府詩而與王建齊名，並稱「張王」。代表作有《秋思》《節婦吟》《野老歌》等。他與李紳、元稹、白居易交往甚密，為新樂府運動的倡導者和參與者。

抑不知天將和其聲而使鳴國家之盛邪？抑將窮餓其身、思愁其心腸而使自鳴其不幸邪？三子者之命，則懸乎天矣。其在上也，**奚**以喜？其在下也，奚以悲？東野之**役**於江南也，有若不釋然者，故吾道其命於天者以**解**之。

奚：甚麼，哪裏，表示疑問。　**役：**供職。　**解：**寬解，寬慰。

但不知道上天將使他們的聲音和諧，而讓他們歌唱國家的強盛呢，還是要使他們身遭困厄飢餓，使他們的心思愁苦，而使他們各自吟詠自身的不幸呢？三位的命運，就完全決定於上天了。他們身居高位，有甚麼值得欣喜的？他們沉淪在下，又有甚麼可悲歎的？東野到江南就職，好像有想不開的鬱結，所以我講（這番）命由天定的道理來寬慰他。

日益精進

郊寒島瘦

「郊」指孟郊，「島」指賈島，二人以苦吟著稱。他們的詩風清奇悲凄、幽峭枯寂，講究推敲、錘煉字句，往往讓人覺得寒瘦窘迫，後人常用「寒」和「瘦」來形容兩位詩人的詩風。蘇軾在《祭柳子玉文》中提出「元輕白俗，郊寒島瘦」。

普通話朗讀

祭十二郎文

韓愈

姓名　韓愈

別稱　字退之，世稱韓昌黎、昌黎先生

出生地　不詳

生卒年　公元 768—824 年

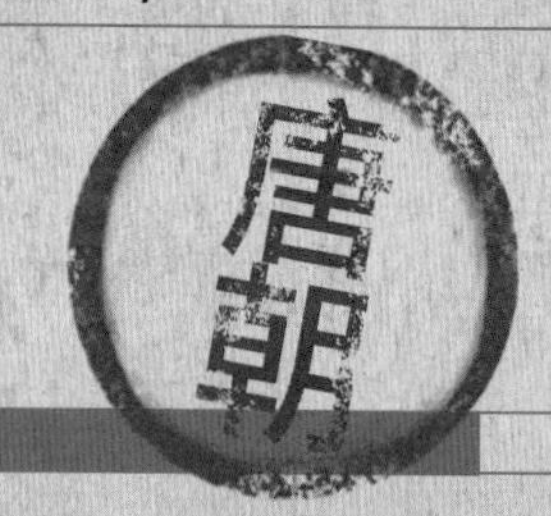

暢銷書作家

代表作：《師說》《馬說》《進學解》

文學大咖

與柳宗元並稱「韓柳」
與柳宗元、歐陽修、蘇軾合稱「千古文章四大家」

風尚達人

倡導古文運動
蘇軾稱讚他「文起八代之衰」

生命指數

57 歲

抬頭看月光，仍會想起你

人世間至深的悲涼，莫過於生離死別，但對於韓愈來説，也許是來不及赴一場青春之約。

年少暫別，總以為後會有期，但豈料，命若琴弦。一場小病帶走了十二郎年輕的生命，讓只大他兩歲的叔叔韓愈，背負了一生的愧疚。

逝去的親人，其實並沒有真的離開，而是化作一抹皎潔的月光，包裹着我們的後半生。

因為思念，韓愈寫下千古悼文，這個一向凜冽、剛硬的人，不再雄辯，卻賦深情。

這種思念會化為勇氣，讓韓愈一介書生，單刀赴會，沙場點兵，看秦嶺巍峨，聽黃河浩瀚，終於功成名就。

韓愈用成為一個更好的自己，讓他和姪兒的生命從此對仗，永遠地留住了十二郎。

❶ 年、月、日，**季父**愈聞汝喪之七日，乃

xián

能銜哀致誠，使建中遠具時**羞**  之**奠**

，告汝**十二郎**之靈：

❷ 嗚呼！吾少**孤**，及長（zhǎng），不**省**（xǐng）

所**怙**（hù），惟兄嫂是依。

季父：最小的叔父。　**羞**：同「饈」，味美的食品。　**奠**：以酒肉祭死者，這裏指祭品。
十二郎：韓愈次兄韓介之子韓老成，過繼給其長兄韓會，因在族中排行十二，故稱「十二郎」。　**孤**：幼年喪父。　**省**：知道。　**怙**：依靠。

❶

某年某月某日，小叔叔韓愈在聽到你去世消息後的第七天，才能含着悲痛來向你傾吐衷情，派遣建中遠路趕去，置辦了時鮮味美的祭品，祭告於你十二郎的靈前：

❷

唉！我從小就失去了父親，等到長大，不知道父親（的樣子），唯有哥哥和嫂嫂可以依靠。

日益精進

祭文

一種文體，用於告饗（xiǎng）神祇或祭奠親友。

中年，兄**歿**（mò）

南方，吾與汝俱幼，從嫂歸葬河陽。既又與汝就食江南，零丁孤苦，未嘗一日相離也。吾上有三兄，皆不幸**早世**，承先人後者，在孫惟汝，在子惟吾，兩世一身，形單影隻。嫂嘗撫汝指吾而言曰：「韓氏兩世，惟此而已！」汝時尤小，當不復記憶，吾時雖能記憶，亦未知其言之悲也。

歿：死。　**早世：**早死。

（才到）中年，哥哥就死在南方，我和你都年幼，跟着嫂嫂（把哥哥的靈柩）送回河陽安葬。隨後（我）又和你一起到江南謀生，孤苦伶仃，沒有一天（與你）分開過。我上面有三個哥哥，都不幸早死，承續先人後代的，在孫子輩中只有你一人，在兒子輩中只有我一人，兩代都是獨苗，形影孤單。嫂嫂曾經（一手）撫摸着你、（一手）指着我說：「韓家兩代人，就只有你們倆了！」你當時（比我）更小，可能不再記得了，我那時雖然能記得，但並沒有體會出嫂嫂的話有多麼悲涼。

日益精進

怙、恃

《詩經・小雅・蓼莪（lù'é）》中有「無父何怙，無母何恃」，大意是沒有了父母也就失去了依靠，所以後世用「怙」代表父親，用「恃」代表母親，喪父叫「失怙」。

3 吾年十九，始來京城。其後四年，而歸**視**汝。又四年，吾往河陽**省**(xǐng)墳墓，遇汝從嫂喪來葬。又二年，吾佐董丞相於汴(biàn)州，汝來省(xǐng)吾，**止**一歲，請歸取其**孥**(nú)。明年，丞相**薨**(hōng)，吾去汴州，汝不果來。是年，吾**佐戎**(róng)徐州，使取汝者始行，吾又罷去，汝又不果來。

視：探望。　**省：**多指對長輩的探望。　**止：**住。　**孥：**妻子兒女的統稱。

薨：周朝諸侯死叫「薨」，唐朝三品以上官員死也叫「薨」。　**佐戎：**輔佐軍事。

3

我十九歲那年，初次來到京城。此後過了四年，(我) 才回去看你。又過了四年，我到河陽拜謁 (先人) 墳墓，碰上你送 (我) 嫂嫂的靈柩來安葬。又過了兩年，我在汴州輔佐董丞相，你來探望我，住了一年，要求回去接家眷。第二年，董丞相去世，我離開汴州，你也最終沒有來。這一年，我在徐州輔佐軍務，派去接你的人剛啟程，我又被罷職離開 (徐州)，你又沒有來成。

日益精進

古代對人死的稱呼

薨、崩、卒、死、沒 (mò)，這五個字都是古時對人死的稱呼，這反映了古代社會嚴格的等級制度。《禮記・曲禮下》中這樣寫道：「天子死曰崩，諸侯曰薨，大夫曰卒，士曰不祿，庶人曰死。」「沒」等於「去世」，後來寫作「歿」。

吾念汝從於**東**，東亦客也，不可以久。圖久遠者，莫如**西**歸，將成家而致汝。嗚呼！孰謂汝**遽**(jù)去吾而歿乎！吾與汝俱少年，以為雖暫相別，終當久相與處，故捨汝而旅食京師，以求斗**斛**(dǒu hú)之祿。誠知其如此，雖**萬乘**(shèng)

之公相(xiàng)，吾不以一日輟(chuò)汝而就也！

東：指汴州、徐州。　**西：**指河陽。　**遽：**突然。　**斛：**古時十斗為斛，後又以五斗為斛。
萬乘：周朝制度，天子領地方千里，能出兵車萬輛，故稱「萬乘」。戰國時，有些大諸侯國亦能出兵車萬輛，也稱「萬乘」。這裏「萬乘」形容最大俸祿。

我想就算你跟我到東邊，(在) 東邊 (我們) 也是客居，不能長久。從長遠打算，不如回到西邊，(我) 想先安好家，然後接你來。唉！誰能料到你突然離開我去世了！我和你都還年輕，以為雖然暫時分離，終會長久在一起，所以放下你跑到京城謀生，指望掙斗斛祿糧的薪俸。要是知道會這樣，即使 (給我) 有官高祿厚的宰相職位，我也不願離開你一天而去就任啊！

日益精進

古代容量單位

古代主要的容量單位有升、斗、斛等。十升為一斗，十斗為一斛，南宋末年改五斗為一斛。

4

去年，**孟東野**往，吾書與汝曰：「吾年未四十，而視茫茫，而髮蒼蒼，而齒牙動搖。念**諸父**與諸兄，皆**康強**而早世，如吾之衰者，其能久存乎？吾不可去，汝不肯來，恐旦暮死，而汝抱無涯之**戚**(qī)也。」孰謂少(shào)者歿而長(zhǎng)者存，強者夭(yāo)

而病者全乎？嗚呼！**其**信然邪(yé)？其夢邪？其傳(chuán)之非其真邪？

孟東野：即孟郊。　**諸父：**伯父、叔父的總稱。　**康強：**無病強壯。　**戚：**憂傷。
其：難道。

4

去年，孟郊去（你那邊），我寫信（讓他捎）給你說：「我年紀還不到四十，已兩眼昏花，頭髮斑白，牙齒鬆動。想到（我的）叔伯和兄長們，都身體好好的就過早去世，像我這樣衰弱的人，怎麼能長久地活着呢？我離不開，你不肯來，（我）只怕（自己）早晚死去，而你（將要）懷着無窮的悲哀了。」誰料年輕的死了而年長的還活着，強壯的夭折了而病弱的卻保全了呢？唉！（這）難道是真的嗎？難道是做夢嗎？難道傳來的消息是不真實的嗎？

日益精進

「齒牙動搖」

韓愈在很多詩文中都歎息自己牙齒搖落，例如他在詩歌《落齒》中寫道：「去年落一牙，今年落一齒。俄然落六七，落勢殊未已。餘存皆動搖，盡落應始止。」

信也，吾兄之盛（shèng）德而夭其嗣（sì）乎？汝之純明而不克蒙其澤乎？少者強者而夭歿、長者衰者而存全乎？未可以為信也！夢也，傳（chuán）之非其真也！東野之書、**耿蘭**之報，何為而在吾側也？嗚呼！其信然矣！吾兄之盛德而夭其嗣矣！汝之純明宜業其家者，不克蒙其澤矣！所謂天者誠難測，而**神**者誠難明矣！所謂**理**者不可推，而**壽**者不可知矣！

耿蘭：十二郎的僕人。 **神：**神靈。 **理：**事理。 **壽：**壽命。

如果是真的，為甚麼我哥哥有美好的品德而（老天讓）他的後嗣早死呢？為甚麼你這樣純潔聰明卻不能承受他的恩澤呢？為甚麼年輕強壯的反而夭折，年老衰弱的反而健在？（這）不是能讓人相信的呀！這是夢吧，傳來的消息不是真的吧！孟郊的信、耿蘭的報喪，為甚麼在我身邊呢？唉！這大概是真的呀！我哥哥品德美好反而他的兒子夭折了呀！你純潔聰明適於操持家業，（卻）不能承受先人的恩澤了呀！所謂天，實在難以預測；所謂神，實在是不明察呀！所謂理，不能推究；所謂壽，不可預知呀！

日益精進

韓孟

唐代文學家韓愈、孟郊的共稱。兩人是好朋友，詩風也很相近，韓愈詩中常把自己與孟郊並舉，二人還經常寫聯句，所以後人論詩，也常以「韓孟」合稱。

5 雖然，吾自今年來，**蒼蒼者**或化而為白矣，**動搖者**或脫而落矣，**毛血**(xuè)日益衰，**志氣**日益微，幾(jǐ)何不從汝而死也！死而有知，**其幾何離**？其無知，悲不幾時，而不悲者無窮期矣！汝之子始十歲，吾之子始五歲，少而強者不可保，如此**孩提**者，又可冀其成立邪？嗚呼哀哉！嗚呼哀哉！

蒼蒼者：指斑白的頭髮。　**動搖者：**指鬆動的牙齒。　**毛血：**毛髮血脈，指體質。
志氣：指精神。　**其幾何離：**分離會有多久呢？意謂死後仍可相會。　**孩提：**指幼兒。

5

儘管如此，我從今年以來，斑白的頭髮有的已經全白了，鬆動的牙齒有的已經脫落了，體質一天天衰弱，精神一天天減退，不用多久就會隨你死去呢！死後如果有知覺，那（我們）還能分離多久呢？如果沒有知覺，（那我）悲傷不了多少時間，而沒有悲傷的日子將是無窮無盡的呀！你的兒子才十歲，我的兒子才五歲，年輕強壯的都保不住，這樣的小孩子，還能期望他們長大成人嗎？唉！真是悲哀呀！真是悲哀呀！

日益精進

嗚呼哀哉

感歎用語，舊時祭文常用，表示對死者的悲悼。現在有「死亡」的意思，也指事情完結，含有一定的詼諧或諷刺意味。

6 汝去年書云：「**比**得**軟腳病**，往往而劇。」吾曰：「是疾也，江南之人常常有之。」未始以為憂也。嗚呼！其竟以此而**殞**(yǔn)其生乎？**抑**別有疾而致斯乎？汝之書，六月十七日也。東野云，汝歿以六月二日，耿蘭之報無月日。蓋東野之使者，不知問家人以月日，如耿蘭之報，不知當言月日。東野與吾書，乃問使者，使者妄(wàng)稱(chēng)以應(yìng)之耳。其然乎？其不然乎？

比：最近。　**軟腳病**：即腳氣病。這種病從腳起，能使足脛腫大，渾身軟弱無力。

殞：死亡。　**抑**：表示選擇，相當於「或者」「還是」。

⑥

你去年的來信說：「最近得了腳氣病，時常發作得很厲害。」我（回信）說：「這種病，江南人經常得。」（我）不曾把（它）當作可憂慮的事。唉！難道（你）竟然是因為這種病而喪命的嗎？還是有別的重病導致這樣的呢？你的信，是六月十七日寫的。孟郊說，你死在六月二日，耿蘭的報喪沒說你死的月日。可能孟郊的使者不知道要向家人問死期，正如耿蘭報喪不知道要說死期。孟郊給我寫信時，才問使者，使者胡亂說（時間）來應付他。大概是這樣的嗎？或者不是這樣的吧？

日益精進

姪

本文中的「十二郎」是韓愈的姪子。古代對兄弟的子女的稱呼，有「兄子」「兄女」「從子」「從女」「猶子」「猶女」等，最常見的則是「姪」。但在晉代以前，「姪」只是女性對兄弟的子女的稱呼，男性對兄弟的子女只能稱「兄子」「從子」之類。從晉代開始，這種情況發生變化。《顏氏家訓・風操》就說到「晉世已來，始呼叔姪」。

7 今吾使建中祭汝，弔汝之孤與汝之乳母。彼有食可守以待**終喪**，則待終喪而取以來；如不能守以終喪，則遂取以來。其餘奴婢，並令守汝喪。吾力能改葬，終葬汝於先人之**兆**，然後惟其所願。

終喪：服滿父母去世後三年之喪。　**兆：**墓地。

⑦

如今我派建中來祭奠你，慰問你的兒子和你的奶媽。（如果）他們有糧食可以守靈到三年喪滿，（我）就等喪滿後再接他們來；如果無法守靈到喪滿，（我）就馬上把他們接來。其餘的奴婢，都讓他們守你的喪。（如果）我有能力（為你）改葬，最終一定把你葬在祖先的墓地裏，這樣之後我的心願才得以了卻。

日益精進

服喪、服闋（què）

舊時，長輩或平輩親屬等死後，遵照禮俗，人們在一定時期內戴孝表示哀悼，此為「服喪」。古喪禮規定，父母死後服喪三年，期滿除服，稱為「服闋」。

嗚呼！汝病吾不知時，汝歿吾不知日，生不能相養以共居，歿不能撫汝以盡哀，斂(liàn)不憑其棺，窆(biǎn)不臨其穴(xué)，吾行負神明，而使汝夭，不孝不慈，而不得與汝相養以生、相守以死。一在天之涯，一在地之角，生而影不與吾形相依，死而魂不與吾夢相接，吾實為之，其又何尤！彼蒼者天，曷(hé)其有極！

斂：同「殮」，把尸體裝入棺材。　**窆：**落葬。　**曷：**何。

唉！你生病我不知道時間，你去世我不知道日期，(你) 活着時 (我們) 不能相互照應住在一起，(你) 死後 (我) 不能撫摸你 (的遺體) 致哀，(你) 入殮時 (我) 不曾挨着你的棺材，(你) 落葬時 (我) 不曾到過你的墓穴，我的行為辜負了神靈，因而使你夭折；(我) 不孝順不慈愛，因而不能和你相互照應一起生活、相守在一起死去。(我們) 一個在天涯，一個在地角，(你) 活着時影子不能和我的身子相互依偎，(你) 死後靈魂不能和我的夢魂相親近，(這) 實在是我造成的，還能怨誰呢！那蒼茫無邊的天哪，(我的悲哀) 甚麼時候才有盡頭呢！

日益精進

「彼蒼者天，曷其有極」

「彼蒼者天」出自《詩經・秦風・黃鳥》：「彼蒼者天，殲我良人。」「曷其有極」出自《詩經・唐風・鴇 (bǎo) 羽》：「悠悠蒼天，曷其有極。」

8 自今以往，吾其無意於人世矣！當求數頃（qǐng）之田於伊、潁（yǐng）之上，以待餘年。教（jiào）吾子與汝子，幸其成；長（zhǎng）吾女與汝女，待其嫁。如此而已。嗚呼！言有窮而情不可終，汝其知也邪？其不知也邪？嗚呼哀哉！**尚饗（xiǎng）**！

尚饗：古代祭文結尾用語，也作「尚享」，意思是希望死者來享用祭品。

8

從今以後，我大概也就沒甚麼心思活在這世上了！（我）打算在伊水、潁水岸邊買幾頃田，打發餘生。教育我的兒子和你的兒子，希望他們長大成人；撫養我的女兒和你的女兒，等待她們出嫁。就像這樣罷了。唉！話有說完的時候，而哀痛的心情沒有終了，你知道嗎？還是不知道呢？唉，痛心哪！希望你的靈魂來享用祭品哪！

日益精進

名家對《祭十二郎文》的評價

是祭文變體，亦是祭文絕調。（清・沈德潛）

讀此等文，須想其一面哭、一面寫，字字是血，字字是泪。未嘗有意為文而文無不工，祭文中千年絕調。（清・吳楚材，吳調侯）

普通話朗讀

鈷鉧潭西小丘記

柳宗元

姓名	柳宗元
別稱	字子厚，世稱柳河東、河東先生
出生地	長安（今陝西省西安市）
生卒年	公元 773—819 年

改革家

參與永貞革新，領導古文運動

父母官

為官期間，鼓勵人們打井、墾荒地、種糧、修廟宇、治街巷等

動物寓言家

《黔之驢》《永某氏之鼠》《臨江之麋》等

生命指數

47 歲

生生不息

早熟而晚成，是最高級別的天才。

柳宗元二十一歲進士及第，少年得志。然而早熟的光環成了他人生的枷鎖。三十三歲革新失敗，他被貶黜流放到永州。一百八十多天的朝廷雄辯，換來的卻是餘生枯槁。

山窮，水險，他與這裏的景色互為陌生，是囚禁還是新生，還須看他如何重新書寫，這人間草木。

「永州八記」，沒有大海、星辰和草原，卻飽含深情地雕琢了山坳和溪澗，曲折、幽靜，恰到好處，他為中國文學史貢獻了曠遠和壯麗之外的另一種美。

把手頭能做的事做好，在所能伸縮的空間裏創造極致。窮山惡水，滋養了他的慈悲。

廢除蓄奴，興辦學堂，推廣醫學，鑿井墾荒，他以愛心撫慰了永州的凋敝，他用親手改造荒蠻，報答了山水對他的救贖。

晚熟而生，生生不息。

1

得西山後八日，**尋**山口西北**道**二百步，又得**鈷鉧**(gǔ mǔ)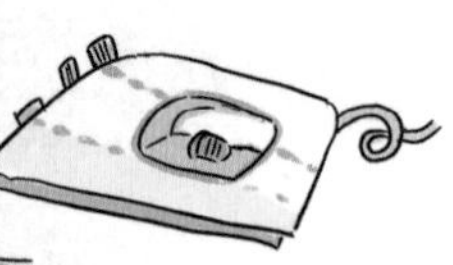**潭**。西二十五步，當湍(tuān)而**浚**(jùn)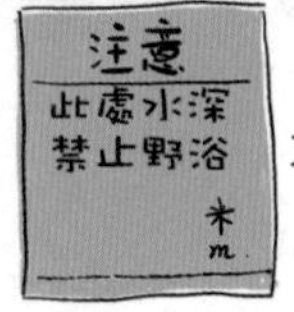

者為**魚梁**。梁之上有丘焉，生竹樹。其石之**突怒****偃蹇**(yǎn jiǎn)，負土而出，爭為奇狀者，**殆**不可數(shǔ)。

尋：沿着。　**道：**步行。　**鈷鉧潭：**因潭的形狀像熨斗而得名。鈷鉧，熨斗。　**浚：**水深。**魚梁：**水中的小土堰，中間留有缺口放置捕魚工具。　**突怒：**形容石頭突起聳立的樣子。**偃蹇：**形容山石錯綜盤踞的樣子。　**殆：**幾乎。

❶

（我）找到西山後的第八天，沿着山口向西北走兩百步，又發現了鈷鉧潭。（鈷鉧潭）西二十五步（的地方），在水深流急的地方是一道攔水壩。壩頂上有一座小丘，（小丘）上面生長着竹子和樹木。小丘上的石頭（有的）突出高起，（有的）屈曲俯伏，帶着泥土突出（地面），競相形成奇特怪異的形狀，（多得）幾乎數不清。

日益精進

貶謫

貶，意為降低，在封建時代多指降低官職。謫，在封建時代多指把高級官吏降職並調到邊遠地方做官。貶謫在封建時代就是指官員降職，被派到遠離京城的地方。

其**嶔**(qīn)**然****相累**(lěi)而下者，若牛馬之飲於溪；其**衡然**角列而上者，若熊**羆**(pí)之登於山。

2 丘之小**不能**一畝，可以**籠**(lóng)而有之。問其主，曰：「唐氏之棄地，**貨而不售**

。」問其價，曰：「止四百。」

嶔然：高聳的樣子。　**相累：**重疊。　**衡然：**向前聳起的樣子。　**羆：**棕熊。　**不能：**不足。
籠：包舉，全部佔有。　**貨而不售：**指賣而賣不出去。貨，賣。售，賣出。

那些高聳重疊、俯伏向下的石頭，像牛馬（俯身）在溪邊飲水；那些高聳突出、如獸角斜列往上衝的石頭，就像熊羆在山上攀登。

2

小丘很小，不到一畝，簡直可以把它包舉起來。（我）問小丘的主人（是誰），（有人）說：「（這是）唐家廢棄的土地，想出售卻賣不出去。」（我）問它的價錢，（那人）說：「只要四百金。」

日益精進

韓柳

唐代文學家韓愈、柳宗元的共稱。杜牧在《冬至日寄小姪阿宜詩》中說：「高摘屈宋豔，濃薰班馬香。李杜泛浩浩，韓柳摩蒼蒼。近者四君子，與古爭強梁。」意思是李白、杜甫、韓愈、柳宗元可與屈原、宋玉、班固、司馬遷相比。韓愈、柳宗元都是唐代古文運動的代表作家，對後世散文發展影響很大。

余**憐**而**售**之。李深源、元克己時同遊，皆大喜，出自意外。即更(gēng)取**器用**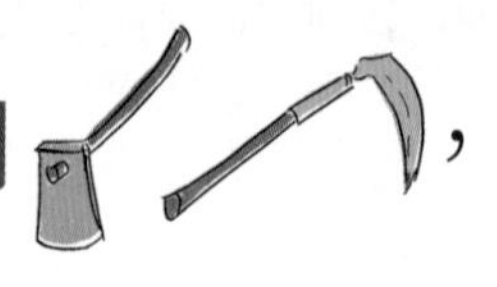，鏟**刈**(yì)穢(huì)草，伐去惡木，烈火而焚之。嘉木立，美竹露，奇石顯。由其中以望，則山之高，雲之浮，溪之流，鳥獸之遨遊，**舉熙熙然回**巧獻技，以**效**茲(zī)丘之下。

憐：愛惜。　**售：**買。　**器用：**這裏指鋤、鐮一類器具。　**刈：**割去。　**舉：**全部。
熙熙然：和樂的樣子。　**回：**運用。　**效：**呈獻。

我喜歡它，就買下了它。李深源、元克己當時（和我）一起遊覽，都非常高興，（認為這是）意想不到（的收穫）。（我們）隨即輪流拿起工具，鏟割雜草，砍掉雜樹，點燃大火燒掉它們。（之後，）美好的樹木挺立着，秀美的竹子顯露出來了，奇峭的石頭呈現出來了。（我們）站在土丘的竹木山石中間眺望，（只見）山嶺高聳，雲朵飄浮，溪水流動，飛鳥走獸自由自在地遊玩，全都和諧歡快，在這小丘之下呈獻各種技藝。

日益精進

柳宗元的山水遊記

均寫於柳宗元被貶後，以永州之作更勝。這些作品既有藉美好景物寄寓自己的遭遇和怨憤，也有對作者幽靜心境的描寫，表現出柳宗元在極度苦悶中對精神寄託的追求。其中他對山水景色的直接刻畫，或峭拔峻潔，或清邃奇麗，都以精巧的語言再現了自然之美。

枕席而臥，則清泠(líng)之狀與目**謀** ，**瀯(yíng)瀯(yíng)之聲**  與耳謀，悠然而虛者與神謀，淵然而靜者與心謀。不**匝(zā)旬(xún)** 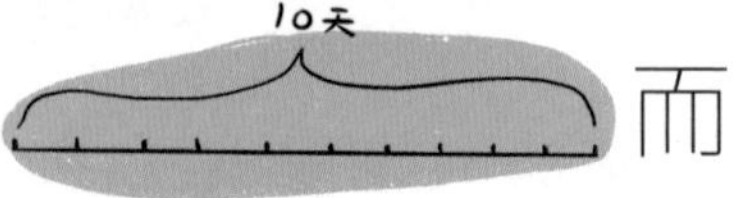

而**得異地者二**，雖古好(hào)事之士，或未能至焉。

謀：合。　**瀯瀯之聲：**形容水流迴旋的聲音。　**匝：**滿，遍。　**旬：**十天。
得異地者二：得到兩處奇境。一指西山，一指鈷鉧潭及潭西的小丘。

（我們在小丘上）枕着石頭席地而臥，那清涼的景色使我眼目舒適，迴旋的水聲分外悅耳，悠遠閑闊的天空與精神相通，深沉至靜的大道與心靈相合。不滿十天（我）就得到了兩處勝景，即使是古時愛好山水的人士，也許也不能達到（這樣理想的境地）呢。

日益精進

古代時間的特定名稱

一個月中的某些日子，在古代有特定的名稱。農曆每月初一叫做「朔」，最後一天叫做「晦」，初三叫做「朏」（fěi），十五日（有時是十六日或十七日）叫做「望」。

fēng　　hù

3 噫！以茲丘之勝，致之**灃**、**鎬**、**鄠**、**杜**，則貴遊之士爭買者，日增千金而愈不可得。今棄是州也，農夫漁父過而**陋之**，賈四百，連歲不能售。而我與深源、克己獨喜得之，是**其**果有**遭**

乎？書於石，所以賀茲丘之遭也。

灃、鎬、鄠、杜：這四個地方都是當時的名勝，與長安相距不遠。

陋之：瞧不上它。　**其：**豈，難道。　**遭：**遇合，機遇。

3

唉！憑着這小丘的優美景色，（如果）把它放到（京城附近的）灃、鎬、鄠、杜（等繁華的地方），那麼愛好遊樂的豪門貴族人士競相購買，（即使）每天增加千金也不一定能買到。如今（它）被棄置在（這荒僻的）永州，農民、漁夫經過也看不上它，售價（只有）四百金，一連幾年也賣不出去。唯獨我和李深源、元克己因為得到了它而高興，這難道果真是有所謂的機遇嗎？（我把這篇文章）寫在石碑上，用來慶賀這個小丘碰上了好運氣。

日益精進

二王八司馬

「二王」指王叔文、王伾，「八司馬」指韓泰、韓曄、柳宗元、劉禹錫、陳諫、凌准、程異、韋執誼。他們都支持唐順宗進行政治改革。改革失敗後，柳宗元先被貶為邵州刺史，在赴任途中被加貶為永州司馬。

普通話朗讀

種樹郭橐駝傳

柳宗元

姓名　柳宗元

別稱　字子厚，世稱柳河東、河東先生

出生地　長安（今陝西省西安市）

生卒年　公元 773—819 年

素質教育推廣者

鼓勵讀書，興辦學堂，推廣醫學

文學大咖

與韓愈並稱「韓柳」，與劉禹錫並稱「劉柳」，與王維、孟浩然、韋應物並稱「王孟韋柳」

生命指數

47 歲

減法的真相

唐元和十四年，初冬夜，柳州的一間房舍裏，柳宗元因病結束了他四十七年的人生。窗外夜色淒涼，屋內漆黑的棺木漸漸闔闔，此時好友劉禹錫正為他寫下悼文，而另一邊，召他回京的文書還在路上。

一生忠誠，一生惦念，一生陰差陽錯。恍惚間，人們聽到空中的幽幽迴響：孤舟蓑笠翁，獨釣寒江雪。

天才的少年，失敗的政治家，被放逐的詩人，百姓的差役，會講故事的掌燈人……韓愈説柳宗元意氣風發，那是他談論起理想時眼中的光芒。

在人生轉折到來的兩年前，他為一個園丁寫下了一篇傳記。這個被世人嗤笑的駝背者，是個世外高人，他説讓樹苗長高並無訣竅，唯一的真相，就是放手，就是尊重，就是做減法。

許多年以後，法國巴黎聖母院，另一個醜陋的駝背者也敲起了至善的鳴鐘。鐘聲起，不知柳宗元能否聽到迴響。

❶ 郭**橐**(tuó)**駝**，不知始何名。**病僂**(lóu)，**隆然伏行**，有**類**橐駝者，故鄉人號之「駝」。駝聞之曰：「甚善。**名我固當**(dàng)。」因捨(shě)其名，亦自謂「橐駝」云。

橐駝：即駱駝。郭橐駝因駝背而得名。　**病僂：**患了脊背彎曲的病。
隆然：脊背高起的樣子。　**伏行：**彎着腰走。　**類：**似。
名我固當：用這個名字稱呼我確實很恰當。

❶

郭橐駝，不知道（他）原名叫甚麼。（他）患有佝（gōu）僂（lóu）病，脊背高高突起，彎着腰走路，就像駱駝一樣，所以鄉里人稱呼他為「駝」。橐駝聽説後，説：「（這個名字）很好哇。用這個名字稱呼我確實很恰當。」於是（他）捨棄了自己（原來的）名字，也自稱起「橐駝」來。

日益精進

佝僂

指脊背向前彎曲，也指令人有駝背、雞胸等體態的一種病。

②　其鄉曰豐樂鄉，在長安西。駝**業**種樹，凡長安豪富人為觀遊及賣果者，皆爭迎取養。視駝所種樹，或**移徙**(xǐ)，無不活；且碩茂，早實以**蕃**(fán)。他植者雖**窺伺效慕**(kuī sì)，莫能如也。

③　有問之，對曰：「橐駝非能使木壽且**孳**(zī)

也，能順木之**天**，以致其性焉爾。

業：以……為業。　**移徙：**移植。　**蕃：**多。　**窺伺效慕：**暗中觀察仿效。效慕，仿效。
孳：繁殖。　**天：**天性，指自然生長規律。

2

他的家鄉叫豐樂鄉，在長安城西邊。郭橐駝以種樹為職業，凡是長安城裏要修建園林的豪富人家，以及賣水果的人，都爭着接他到家中供養。（人們）看橐駝種的樹，或者移植的樹，沒有不成活的；而且（長得）高大茂盛，果實結得又早又多。其他種樹的人即使暗中觀察仿效，也不能和他相比。

3

有人問他（種樹種得好的原因），（他）回答説：「（我）橐駝並不能使樹木活得長久而且長得茂盛，（只不過是）能夠順應樹木的自然生長規律，使它依照本性（生長）而已。

日益精進

橐駝

「橐」是一種口袋。《漢書・司馬相如傳》中提到了「橐駝」，顏師古注釋道：「橐駝者，言其可負橐囊（náng）而駝物，故以名云。」因為駱駝可以揹口袋，以背載物，所以古人稱駱駝為「橐駝」。

凡植木之性，其本欲舒，其培欲平，其土欲故，其**築**欲密。既然已，勿動勿慮，去不復**顧**。其**蒔**(shì)也若子，其置也若棄，則其天者全而其性得矣。故吾不害其長(zhǎng)而已，非有能碩茂之也；不**抑耗**其實而已，非有能早而蕃之也。他植者則不然。根**拳**而**土易**，其培之也，若不過焉則不及。

培：培土。　**築**：搗土。　**顧**：照看。　**蒔**：栽種。　**抑耗**：損傷。
拳：拳曲，伸展不開。　**土易**：土換成了新的。

大凡種樹的方法，樹木的根要舒展，培土要均匀，要用舊土，搗土要緊實。已經種完了，（就）不要再動它，不要再憂慮它，離開後就不再照看它。栽種時要像對待孩子一樣（細心），栽好後要像丟棄它一樣（放在一邊），那麼樹木的天性就得以保全，它的本性也就能夠得到充分發展。所以我（只是）不妨礙它的生長罷了，而沒有能使它長得高大茂盛（的辦法）；（只不過）不損傷它的果實罷了，而沒有能使它結果實又早又多（的訣竅）。別的種樹人卻不是這樣。（種樹時，）樹根拳曲着，又換了新土；他們給樹培土時，不是多了，就是不夠。

日益精進

古代農具（一）

耒耜（lěi sì），是古代用來耕地翻土的農具。耒上端彎曲，下端分叉，是人扶持耜的把柄。耜是耒耜下端用來起土的部分，有用金屬製成的，也有用骨、石製作的。後來，人們用「耒耜」來泛稱農具。

苟有能反是者，則又愛之太**恩**，憂之太勤。旦視而暮撫，已去而復顧。甚者，**爪**(zhǎo)

其**膚**

以驗其**生枯**，搖其本以觀其**疏密**

，而木之性日以離矣。雖曰愛之，其實害之；雖曰憂之，其實仇之；故不我若也。**吾又何能為哉**！」

苟：假使。　**恩**：寵愛。　**爪**：指甲，這裏用作動詞，用指甲摳、掐。　**膚**：指樹皮。
生枯：生死。　**疏密**：指土的鬆緊。　**吾又何能為哉**：我又有甚麼特別的能耐呢？

假使有能夠和這種做法相反的人，就又養護太過，擔憂太多。（他們）早晨去看了，晚上又去摸摸；已經離開了，又回來望望。更嚴重的（是），（有人）掐破樹皮來觀察它是死了還是活着，搖動樹的根部來看培土是鬆還是緊，（這樣）就一天天背離了樹木的本性。雖説是喜愛它，這實際上是害它；雖説是擔心它，這實際上是仇視它；所以他們不如我。我又有甚麼特別的能耐呢？」

日益精進

古代農具（二）

銍（zhì），古代耕種時會用到的一種鐮刀，短小而鋒利；錢，本來是一種農具，形狀像鏟子，因為古代曾以這種農具作為交易媒介，所以後來「錢」泛指貨幣；鎛（bó），古代一種鋤田去草的農具。

4

問者曰：「以子之道，移之官理，可乎？」駝曰：「我知種樹而已，理，非吾業也。然吾居鄉，見**長**(zhǎng)**人者**好(hào)**煩**其令，若甚憐焉，而卒以禍。旦暮吏來而呼曰：『官命促爾耕，**勖**(xù)爾植，督爾穫，早**繅**(sāo)  而緒，早織而**縷** ，**字**而幼孩，**遂**而雞豚。』

長人者：做官的。長，統治、治理。　**煩：**繁多。　**勖：**勉勵。

繅：把蠶繭浸在熱水裏抽出蠶絲。　**緒：**絲頭。　**縷：**線。　**字：**養育。　**遂：**成、養好。

4

問的人說：「把你（種樹）的方法，轉用到做官治民上，可行嗎？」橐駝說：「我只知道種樹罷了，做官治民，不是我的職業。但是我住在鄉里，看見那些官吏喜歡不斷地發號施令，好像很憐愛（百姓），但到頭來卻因此害了（他們）。從早到晚那些小吏跑來大喊：『長官命令，催促你們耕地，勉勵你們種植，督促你們收割，早些煮繭抽絲，早些織好你們的布，養育好你們的孩子，餵養好你們的家禽牲畜。』

日益精進

古代的絲織品

在古代，「帛」是絲織品的總稱，而所謂「絮」和「綿」，都是指絲綿。帛與布，形成了高級衣服與低級衣服的對比。貧賤的人穿不起絲織品，只能穿麻織品，所以「布衣」成了古代庶人的代稱。

鳴鼓而聚之，擊木而召之。吾小人**輟**(chuò)

飧(sūn)

饔(yōng)以勞吏者，且不得暇，又何以**蕃**吾生而安吾性耶(yé)？故**病**

且**怠**(dài)。若是，則與吾業者其亦有類乎？」

5 問者曰：「嘻(xī)，不亦善夫(fú)！吾問養樹，得養人術。」**傳**(zhuàn)

其事以為官戒也。

輟：中斷，停止，放下。　**飧：**晚飯。　**饔：**早飯。　**蕃：**使繁盛。　**病：**困苦。
怠：疲倦。　**傳：**記載。

（他們一會兒）打鼓招聚大家，（一會兒）敲梆召喚大家。我們這些小民中斷吃飯去慰勞招待那些小吏尚且忙不過來，又怎能使我們人口增加、生活安定呢？所以（我們）既困苦又疲憊。如果這樣看的話，（它）與我種樹的職業大概也有相似的地方吧？」

5

問的人說：「嘻，（這）不也很好嗎！我問種樹的方法，（卻）得到了治民的方法。」（我）把這件事記載下來，把（它）作為官吏們的鑑戒。

日益精進

傳

作為一種文體的「傳」即傳記，指記錄某人生平事跡的文字；活用為動詞時，意為作傳、記載。

普通話朗讀

豐樂亭記

歐陽修

姓名　歐陽修

別稱　字永叔，號醉翁，
晚號六一居士

出生地　綿州（今屬四川省）

生卒年　公元 1007—1072 年

風尚達人

北宋詩文革新運動的領袖

大宋第一「杠精」

剛正不阿，直言敢諫
傳《朋黨論》《與高司諫書》等名篇

著名史學家

主持編纂《新唐書》，獨撰《新五代史》

生命指數

66 歲

我很醜，可是我很溫柔

宋代文人，沒有誰比歐陽修活得更極致，更盡興。

喪父，家裏連筆墨都買不起，真正的孤兒寡母，他卻不自卑，不猶疑，天生樂天，拿得起放得下。赤貧，卻擋不住才氣。從國子監到崇政殿，他一路過關斬將，四次考試三次榜首，二十四歲躋身全國第十四。

他振一代文風，能言之有物，亦能寫綺麗的《秋聲賦》。一面編《新唐書》《新五代史》，「二十四史」他一人就佔兩部；一面痴迷牡丹，探索花花草草，如果不做官，他或許會是個園丁。

他是個俗人，喝酒、品茶、吃螃蟹，給歌姬寫流行歌曲；他是個通才，文學、史學、哲學三者合力，造就華而又實的榮光。

傳聞歐陽修瘦小、蒼白，高度近視，唇不包齒，可當你讀過他的小詞，卻發覺迎面而來的，是一位謙謙君子。作品能讓人變美，皮囊在才華面前，可以忽略不計。

❶ 修既治滁（chú）之**明年** *the next year*，夏，始飲滁水而甘，問**諸**滁人，得於州南百步之近。其上則豐山**聳然**而特立，下則幽谷**窈（yǎo）然**而深藏，中有清泉**滃（wěng）然**而仰出。俯仰左右，顧而樂之。於是疏泉鑿石，辟地以為亭，而與滁人往遊其間。

明年：下一年，第二年。　**諸**：兼詞，之於。　**聳然**：高聳的樣子。
窈然：幽暗深遠的樣子。　**滃然**：湧出的樣子。

❶ 我在治理滁州的第二年夏天，才發現滁州的水喝起來很甘甜，(於是) 向滁州人打聽 (這泉水的來源)，在州城南面百步的近處找到了 (它)。那個地方上有高聳突立的豐山，下有幽暗深遠而不可測的幽谷，中間有一股清泉向上噴湧而出。(在這裏) 無論俯視仰望，還是左顧右盼，都令人高興。於是 (我督工) 鑿去巖石，疏通泉流，開闢土地用來建造亭子，和滁州人 (一起) 到那裏遊玩。

日益精進

歐陽修的遊記

歐陽修為人心胸開闊，遊記寫得開朗高遠。《醉翁亭記》中，他把因新政失敗而鬱結在心裏的苦悶，消化在與民同樂的場面中，充滿快活熱鬧的氣息；《豐樂亭記》寫出了戰亂的歷史，且將其與眼前的安定對比，擺脫了個人的浮沉之感，站到了歷史發展這一更開闊的高度上。

2 滁於**五代**干戈之際，用武之地也。昔**太祖皇帝**嘗以周師破**李景**兵十五萬於**清流山**下，生擒其將皇甫(fǔ)暉、姚鳳於滁東門之外，遂以平滁。修嘗考其山川，按其圖記，升高以望清流之關，欲求暉、鳳就擒之所，而故老皆無在者，蓋天下之平久矣。

五代：指後梁、後唐、後晉、後漢、後周。 **太祖皇帝：**即宋太祖趙匡胤。當時他擔任後周殿前都點檢。 **李景：**即李璟（jǐng），南唐皇帝。 **清流山：**在今安徽省滁州市附近。

2

滁州在五代戰亂時，是陳兵打仗的地方。昔日大宋太祖皇帝曾率領後周軍隊在清流山下擊敗（南唐）李璟的十五萬大軍，在滁州東門外活捉了李璟的大將皇甫暉和姚鳳，於是依靠（這個）平定了滁州。我曾考察過滁州的山川，按照地圖和文字記載，登高來眺望清流關，想找到皇甫暉和姚鳳被擒的地方，可是（那些知道往事的）老人都沒有在世的了，因為天下太平已很久了。

日益精進

干戈

「干」是盾，「戈」是平頭戟。干和戈是古代作戰時常用的防禦和進攻的兩種武器，因此被用作兵器的通稱，引申指戰爭。

自唐失其政，海內分裂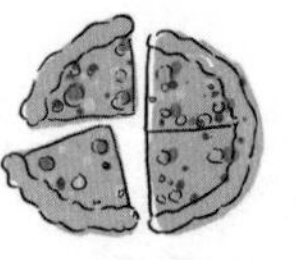，豪傑並起而爭，所在為敵國者，何可勝(shēng)數？及宋受天命，**聖人**出而四海一。**向**之憑恃險阻，**剗**(chǎn)削(xuē)消磨，百年之間，漠然徒見山高而水清。欲問其事，而遺老盡矣。今滁介江淮之間，舟車商賈(gǔ)、四方賓客之所不至，民生不見外事而安於**畎**(quǎn)**畝**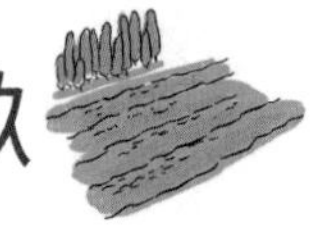衣食，以樂生送死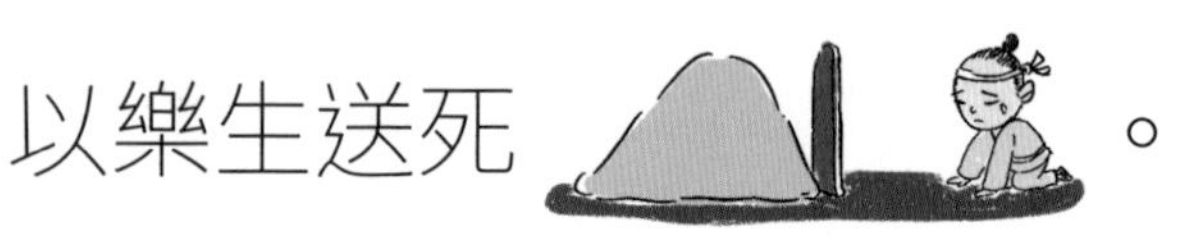。

聖人：對帝王的尊稱。這裏指宋太祖趙匡胤。　**向：**以前。　**剗：**同「鏟」。
畎畝：田地。畎，田地中間的溝。

自從唐朝政局敗落以來，國家分裂，豪傑之士羣起爭奪，各地互為敵國的，怎麼數得過來呢？直到宋朝承受天命，聖人出現而後天下統一。過去（那些戰爭時）所憑藉的險要地勢，（都逐漸被）鏟除消滅了，近百年來，（天下）安寧無事，（人們）只看見山高水清。想要詢問昔日戰亂之事，可當年的老人（都）不在了。如今滁州地處長江、淮河之間，車船、商人和四方賓客都不來，百姓不接觸外界的事情而安心耕作，穿衣吃飯，以（此）快樂地生活直到死去。

日益精進

四海

古人以為中國四周皆有海，所以稱中國為「海內」，稱外國為「海外」。「四海」指天下。

而孰知上之功德，休養生息，**涵煦**xù  於百年之深也？

❸ 　　修之來此，樂  其地僻而事簡，又愛其俗之安閒。既得斯泉於山谷之間，乃日與滁人仰而望山，俯而聽泉，**掇**duō  幽芳而**蔭**yìn  喬木，風霜冰雪，**刻露清秀**  ，四時之景無不可愛。又幸其民樂其歲物之豐成  ，而喜與予遊也。

涵煦：滋潤養育。　**掇：**拾，取。　**蔭：**蔭庇，乘凉。
刻露清秀：指秋冬季節草枯葉落，巖石畢露。

又有誰知道皇上的恩澤（使天下）休養生息，滋潤哺育民眾已達百年之久呢？

3

我來到此地，喜歡這裏地處偏僻，政事簡明，也喜歡這裏風俗的安逸悠閒。（我）在山谷間尋得這股清泉以後，就每天和滁州人仰望高山，俯聽流泉，（春日）採擷幽香的花草而（夏日）在高樹下乘涼，秋有風霜冬有冰雪，草枯落葉時巖石畢露，更顯清秀，四季的風景沒有不令人喜愛的。又慶幸遇上這裏的百姓正為莊稼豐收而高興，樂意與我（一同）遊玩。

日益精進

古代的「時」「節」「候」

春、夏、秋、冬在古代叫做「四時」，近代以來叫做「四季」。一年分為二十四個節氣，古代叫做「節」或叫做「氣」。比節更小的單位是「候」。每一個節氣有三個候。古人所謂「時候」，就是指時令和節候。

因為本其山川，道其風俗之美，使民知所以安此豐年之樂者，幸生無事之時也。

4 夫(fú)宣上恩德，以與民共樂，刺史之事也。遂書以**名**其亭焉。

名：命名。

因此（我）依據這裏的山川，稱道此間民俗風情的美好，（希望）使百姓知道（他們）之所以能平安地享受豐年之樂，是因為有幸生活在沒有戰亂的年代。

4

宣揚皇上的恩德，以（此）與百姓共享快樂，（這些）都是刺史的職責。於是（我）寫作（這篇文章），用來給這座亭子命名。

日益精進

知州

宋代州級地方行政長官，稱為「權知某軍州事」，簡稱「知州」。「刺史」一職始於漢武帝時期。宋代雖有刺史官職，但為虛職，官員並不赴任；同時，人們也習慣以「刺史」作為知州的別稱。此外，在宋代，人們還習慣以「太守」作為知州的別稱。

普通話朗讀

五代史伶官傳序

歐陽修

姓名　歐陽修

別稱　字永叔，號醉翁，
晚號六一居士

出生地　綿州（今屬四川省）

生卒年　公元 1007—1072 年

暢銷書作家

代表作：《醉翁亭記》《賣油翁》《朋黨論》

高考主考官

選拔蘇軾，推舉蘇轍、曾鞏，力薦王安石、蘇洵

養老模範

藏書、集古、撫琴、對弈、飲酒，晚年自稱「六一居士」

生命指數

66 歲

主考官的選擇

北宋嘉祐二年，出現了一張龍虎榜，被譽為「千年科舉第一榜」。那是一場北宋文人的狂歡。

這次的進士科，錄取了一羣真正的實力派。在他們當中，有人後來叱咤政壇，有人為文學和思想饋贈了流傳千古的寶藏。蘇軾、蘇轍，程顥、程頤，曾鞏、曾布，三對兄弟，六大才子……這一屆，史上最強。

五十一歲的歐陽修，擔任省試主考官。凡是高談闊論、文字僻澀的考生，他一律不予錄取。反對迂闊，摒棄險怪，是他的政治訴求，也是他的審美。

他把蘇軾的古文拔為第二名，將蘇轍和曾鞏一併錄取；他大力推薦王安石、「三蘇」的散文；他確立了平淡、洗練的文風：從他開始，宋代散文的頹勢被徹底扭轉。

歐陽修 —— 宋代的韓愈，寫作者的伯樂，以廣闊的視野與胸襟，去甄拔每一個人才，振起一代文運。

❶ 嗚呼！盛衰之理，雖曰天命，豈非人事哉！**原**

莊宗之所以得天下，與其所以失之者，可以知之矣。

❷ 世言晉王之將終也，以三矢(shǐ)賜莊宗而告之曰：「梁，吾仇也；燕(yān)王吾所立，契(qì)丹與吾約為兄弟，而皆背晉以歸梁。此三者，吾遺恨也。與爾三矢，爾**其**無忘乃父之志！」莊宗受而藏之於廟。

伶官：古稱演戲的人為伶，在宮廷中授有官職的伶人叫做伶官。　**原：**推其根本。
其：副詞，表示祈使語氣。

❶

唉！（國家）興盛衰亡的規律，雖說是出於天意，難道不也是人為的嗎！（我們）探究（後唐）莊宗為甚麼能夠取得天下，以及失去天下的原因，就可以懂得這個道理。

❷

世人傳言晉王（李克用）臨死的時候，把三支箭賜給莊宗，告誡他說：「梁，是我們的仇敵；燕王是我們扶立的，契丹（曾）和我們結為兄弟，可是（他們）都背叛了後晉而依附於梁。這三件事，是我的遺恨。給你三支箭，你不要忘記你父親的心願哪！」莊宗接受了（這三支箭），把它們收藏在祖廟裏。

日益精進

五代十國

公元 907 年，朱溫滅唐稱帝，國號梁，史稱「後梁」，此後相繼出現後唐、後晉、後漢、後周，合稱「五代」。同時，中國南方和山西地區，先後出現吳、南唐、吳越、楚、閩、南漢、前蜀、後蜀、荊南（即南平）、北漢等國，合稱「十國」。

其後用兵，則遣**從事**  以**一少(shào)牢**  **告廟**，**請其矢**，盛(chéng)以錦囊，負而前驅，及凱旋而納之。

3 方其繫(xì)燕父子以**組** ，**函**  梁君臣之首，入於太廟，還矢先王，而告以成功，其意氣之盛，可謂壯哉！

從事：官名，這裏泛指一般屬官。　**一少牢：**羊、豬各一頭。　**告廟：**天子或諸侯遇出巡、戰爭等重大事件而祭告祖廟。　**請其矢：**恭敬地取出他父親（留下）的箭。請，敬辭，用以代替某些動詞，表示恭敬、慎重。　**組：**絲帶、絲繩，這裏泛指繩索。　**函：**匣子，這裏用作動詞，用匣子裝。

此後打仗，（他就）派屬官用一少牢祭告祖廟，然後恭敬地取出他父親（留下）的箭，放在織錦的袋子裏，（行軍打仗時）揹着（箭衝殺）在最前面，等到勝利歸來，（再）把箭收藏（在祖廟裏）。

3

當他用繩子捆綁了燕王父子，用匣子裝着梁國君臣的人頭，送到祖廟，把箭放回先王靈位之前，來祭告（復仇）成功的消息時，他的精神氣概是那樣旺盛，稱得上豪壯極了！

日益精進

「少牢」與「太牢」

這裏的「牢」，就是古代祭祀用的牲畜。祭祀時用豬、牛、羊各一頭，叫「太牢」；用羊、豬各一頭，叫「少牢」。

及仇**讎**(chóu)  已滅，天下已定，一夫夜呼，亂者四應，倉皇東出，未及見賊而士卒離散，君臣相顧，不知所歸，至於誓天斷髮  ，泣下沾襟(jīn)，何其衰也！豈得之難而失之易歟(yú)？**抑本**其成敗之跡，而皆自於人歟？**《書》**曰：「滿招損，謙得益。」憂勞可以興國，**逸豫**  可以亡身，自然之理也。

讎：與「仇」同義。　**抑：**或者，還是。　**本：**考察，探究。　**《書》：**指《尚書》。
逸豫：安樂。

等到仇敵已經消滅，天下已經平定，一個人夜裏呼喊，作亂的人四方響應，（莊宗）慌亂中（帶兵）奔向東方，還沒有見到敵人，將士就已潰散。（莊宗）君臣面面相覷，不知投奔何方，乃至於割斷頭髮，對天盟誓，眼淚落下沾濕衣襟，這時他們多麼衰弱呀！難道是得天下難而失天下容易嗎？還是探究他成功與失敗的事跡，都是由於人（的作用）呢？《尚書》說：「自滿帶來損害，謙虛（使人）受益。」憂患辛勞可以使國家興盛，安逸享樂能夠斷送自身，這是必然的規律。

日益精進

《尚書》

儒家五經之一。「尚」即「上」，《尚書》就是上古的書，是我國上古歷史文件和部分追述古代事跡著作的彙編。

4

故方其盛也，**舉**天下之豪傑，莫能與之爭；及其衰也，數十伶人困之，而身死國滅，為天下笑。夫(fú)禍患常積於**忽微**

，而智勇多困於所**溺**，豈獨伶人也哉？

舉：全，整個。　**忽微：**極小的事。忽，一寸的十萬分之一。微，一寸的百萬分之一。
溺：沉湎、無節制。

4

　　所以當他強大的時候，全天下的英雄都不能和他對抗；等到他衰敗落魄的時候，幾十個伶人（就可以）制服他，而（使他）身死國亡，被天下人譏笑。禍患常常由極小的事積累形成，富有智慧勇氣的人往往被他沉迷的東西所困，（這）難道僅僅是伶人的原因嗎？

日益精進

文言中的語氣詞連用

　　文言中常有句末語氣詞連用的情況，如「也哉」「乎哉」「也已矣」。這些連用的語氣詞各自表達特定的語氣，又組合成一種複雜的語氣，而語氣重心一般在最後一個語氣詞上。

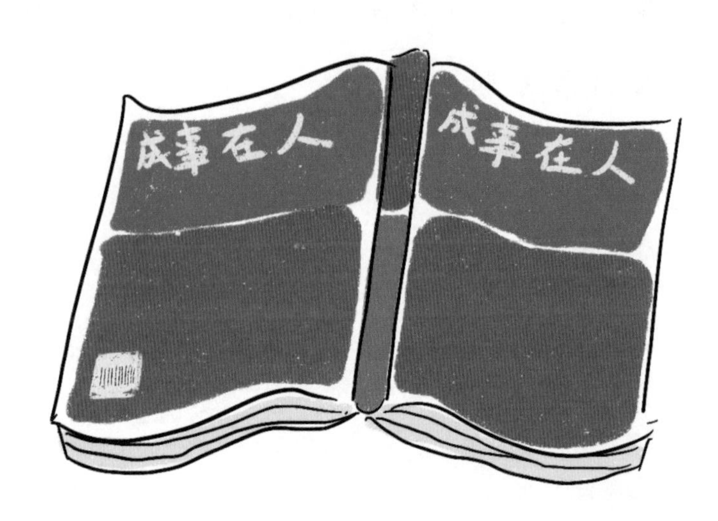

普通話朗讀

管仲論

蘇洵

姓名　蘇洵

別稱　字明允

出生地　眉州眉山（今屬四川省）

生卒年　公元 1009—1066 年

著名修書匠

編撰《太常因革禮》，年過五旬挑大樑，畢生積攢詩書文理，讓編纂工程大放異彩

譜學大家

編寫蘇氏族譜

專一老公

娶女精英程氏，鍾情一生，相濡以沫，共育兒女

生命指數

58 歲

爐火已然純青

管仲，孔子誇，司馬遷誇，諸葛亮也誇。可一直如此，便對嗎？

公元前 645 年，管仲病危，齊桓公前來探望，希望他能推薦繼任者。管仲並沒有明確表態，而是把皮球踢還給齊桓公，說知臣莫若君，讓他自己選。

如日中天的齊國，在管仲死後，便奸臣當道，內亂不息。

一代良相，卻沒能跨越自己的心胸。蘇洵毫不留情地痛斥管仲，大器晚成的他，多了幾分理性的冷酷。他批評管仲失職，讓後人永遠警惕自己那經不起拷問的人性。

當你能傾聽心底的聲音，當你有勇氣質疑，當你能從另一個角度回望歷史，當你終於可以不再人云亦云，那麼恭喜你，如蘇洵一樣，你的爐火已然純青。

1 管仲相（xiàng）**威公**，霸諸侯，**攘**

**夷狄**。終其身齊國富強，諸侯不敢叛。管仲死，**豎刁**、**易牙**、**開方**用，威公**薨**（hōng）於亂，五公子爭立，其禍蔓延，訖（qì）簡公，齊無寧歲。

威公：即齊桓公。這裏改「桓」為「威」，是宋代人為避宋欽宗趙桓名諱的緣故。

攘：排斥。　**夷狄**：古代對少數民族的稱呼。　**豎刁**：春秋時齊國官宦。

易牙：春秋時齊桓公寵倖的近臣，著名廚師。　**開方**：衞國公子。

薨：諸侯或大官死稱薨。

❶

管仲為相輔佐齊桓公，稱霸諸侯，攘斥夷狄。管仲在世時，齊國國富兵強，各國諸侯不敢反叛。管仲一死，豎刁、易牙、開方受到重用，齊桓公死於宮廷內亂，五位公子爭奪王位，這一禍患蔓延不絕，直到（一百多年後的）齊簡公時，齊國都沒有安寧的日子。

日益精進

管仲

名夷吾，字仲，春秋初期著名政治家。他輔佐齊桓公，對內大興改革，對外尊王攘夷，使齊桓公成為春秋時期的第一個霸主。

②　夫功之成，非成於成之日，蓋必有所由起；禍之作，不作於作之日，亦必有所由**兆**

。故齊之**治**也，吾不曰管仲，而曰**鮑叔**；及其**亂**也，吾不曰豎刁、易牙、開方，而曰管仲。何則？豎刁、易牙、開方三子，彼固亂人國者，顧其用之者，威公也。

兆：徵兆。 **治：**國家安定、興盛。 **鮑叔：**即鮑叔牙，春秋時齊大夫。曾向齊桓公舉薦管仲。
亂：無秩序，不太平。

2

功業的成就，不是成就於宣告成功的那一天，(而) 一定有 (它成就的) 緣由；禍患的形成，也不是形成於實際發生的那一天，也一定有 (它形成的) 徵兆。所以齊國的安定興旺，我不認為是管仲 (的功勞)，而要歸功於鮑叔牙；至於齊國動亂，我不認為是豎刁、易牙、開方 (引起的)，而認為是管仲 (引起的)。為甚麼呢？豎刁、易牙、開方三個人，他們固然是擾亂國家的奸人，(但) 看看重用他們的人，是齊桓公。

日益精進

管鮑之交

管仲和鮑叔牙少年時就是摯友。兩人一起做買賣，分利潤的時候管仲多拿了一些，鮑叔牙不覺得管仲貪心，因為他知道管仲貧寒；管仲把鮑叔牙的事情辦砸了，鮑叔牙不認為管仲無能，因為他知道事情成不成也和時運有關；如此等等。所以管仲感慨說：「生我者父母，知我者鮑子也。」齊桓公成為齊國國君後，管仲經鮑叔牙推薦被任命為卿，鮑叔牙則甘居管仲之下。後來，人們用「管鮑之交」來形容朋友之間交情深厚、彼此信任的關係。

夫有舜而後知放**四凶**，**有仲尼而後知去少正**

mǎo
卯。彼威公何人也？顧其使威公得用三子

xiàng
者，管仲也。仲之疾也，公問之相。

當是時也，吾意以仲且舉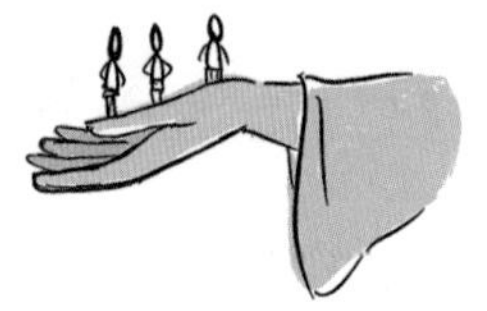天下之

賢者以對，而其言乃不過曰豎刁、易牙、開

方三子，**非人情**，不可近而已。

四凶：指中國神話傳說中，由上古時代的舜帝流放到四方的四大凶獸，即饕餮 (tāo tiè)，窮奇，檮杌 (táo wù)，混沌。　**有仲尼而後知去少正卯：**據史書記載，孔子任魯國司寇時，誅殺了亂政的魯大夫少正卯。孔子，字仲尼。　**非人情：**管仲認為豎刁、易牙、開方這三個人（的行事）不合人情。相傳豎刁為進齊宮而自閹；易牙殺子來討好君主；開方原是衛國公子，後來拋棄雙親，到齊國臣事齊桓公。

有了虞舜（這樣的賢臣）然後才知道放逐四凶，有了孔子（這樣的聖人）然後才知道除掉少正卯。那齊桓公算甚麼人呢？看看使齊桓公能夠起用這三個奸人的，正是管仲啊。管仲生病時，齊桓公問管仲誰可以（繼他）為相。在這個（事關齊國日後安危的）時刻，我以為管仲將要薦舉天下的賢才來作為回答，而管仲的回答卻僅僅說了豎刁、易牙、開方這三個人的行事違反人情，不可親近而已。

日益精進

田氏代齊

齊桓公死後，齊國各朝內亂不止。齊簡公四年（公元前 481 年），齊簡公被相國田成子所殺，從此齊國由田氏專政。周安王十六年（公元前 386 年），周安王正式承認田氏為諸侯。

3 嗚呼！仲以為威公果能不用三子矣乎？仲與威公處幾年矣，亦知威公之為人矣乎？威公聲不絕於耳，色不絕於目，而非三子者則無以遂其慾。彼其初之所以不用者，徒以有仲焉耳。一日無仲，則三子者可以**彈冠**（tán guān）而相慶矣。仲以為將死之言可以**縶**（zhí）威公之手足耶（yé）？

彈冠：彈去帽上的灰塵。 **縶：**用繩索絆馬足。這裏是束縛、捆綁的意思。

3

唉！管仲認為齊桓公果真能夠不重用這三個人嗎？管仲與齊桓公相處好多年了，也應當了解齊桓公的為人吧？齊桓公的耳朵離不了音樂，眼睛離不了美色，如果不重用這三個人，就無法滿足他的慾望。齊桓公起初之所以不起用（他們），只是因為有管仲在朝。一旦管仲死了，那麼這三個人就可以彈冠相慶了。管仲以為臨終的囑咐可以束縛齊桓公的手腳嗎？

日益精進

彈冠相慶

據《漢書・王吉傳》記載，王吉、貢禹是一對好友，王吉做官後，貢禹就撣去帽子上的灰塵，也準備出仕。後來，人們就用「彈冠相慶」指一人當了官或升了官，他的同伴也相互慶賀有官可做，含貶義。

夫齊國不**患**有三子，而患無仲，有仲，則三子者，三匹夫耳。不然，天下豈少三子之徒哉？雖威公幸而聽仲，誅此三人，而其餘者，仲能**悉數**(shù)而去之耶？嗚呼！仲可謂不知**本**者矣。**因**威公之問，舉天下之賢者以自代，則仲雖死，而齊國未為無仲也。夫何患三子者？不言可也。

患：擔憂，憂慮。　**悉數：**全部。悉，都、全。　**本：**根本。　**因：**順着，趁着。

齊國不擔心有這三個奸人，而是怕失去管仲，有管仲，那麼這三個人（不過是）三個平常人。不然的話，天下難道還缺少豎刁、易牙、開方這類奸人嗎？即使齊桓公僥倖聽從了管仲（的意見），殺了這三個人，可是其餘的奸佞小人，管仲能夠全部除掉嗎？唉！管仲可以說是個不懂得（治國）根本的人了。（如果）趁着齊桓公問他的機會，薦舉天下的賢者來取代自己（為相當政），那麼管仲雖然死了，齊國也並不是沒有管仲（那樣的人才）。還何必擔心這三個人呢？（這中間的道理）不說也可以。

日益精進

匹夫

在古代指平民中的男子，泛指尋常的個人，也指無學識、無智謀的人。

④ **五伯**(bà)莫盛於威、**文**。文公之才，不過威公，其臣又皆不及仲；**靈公**之虐，不如**孝公**之寬厚。文公死，諸侯不敢叛晉，晉襲文公之餘威，猶得為諸侯之盟主百餘年。何者？其君雖**不肖**(xiào)，而尚有**老成人**焉。威公之薨也，一敗塗地，無惑也，彼獨恃(shì)一管仲，而仲則死矣。

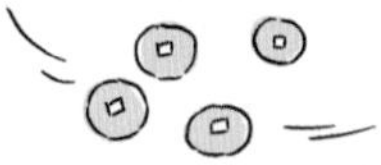

五伯：即春秋五霸。　**文**：指晉文公，春秋五霸之一。　**靈公**：指晉靈公，晉文公之孫。
孝公：指齊孝公，齊桓公之子。　**不肖**：不賢明，不成器。　**老成人**：指年高有德之臣。

4

春秋五霸中，國勢的強盛沒有能超過齊桓公、晉文公的。晉文公的才能超不過齊桓公，他的臣子又都不如管仲；晉靈公的暴虐，不如齊孝公的寬厚。晉文公死後，諸侯不敢背叛晉國，晉國承襲晉文公的餘威，還能做諸侯的盟主一百多年。為甚麼呢？晉國的國君雖然不賢明，可是還有年高有德的大臣。齊桓公死後，（齊國馬上）一敗塗地，這是毫無疑問的，（因為）他僅僅依靠一個管仲，而管仲已經死了。

日益精進

盟主

古代諸侯結盟集會中的首領或主持盟會的人，如齊桓公就曾為春秋時的盟主。後來這個詞用於稱一些集體活動的首領或倡導者，如袁紹就曾被推舉為討伐董卓大軍的盟主。

5

夫天下未嘗無賢者，蓋有有臣而無君者矣。威公在焉，而曰天下不復有管仲者，吾不信也。**仲之書**，有記其將死論鮑叔、**賓胥(xū)無**之為人，且各疏其短

，是其心以為數子者皆不足以託國，而又**逆知**其將死，則其書**誕謾(dàn màn)**不足信也。

仲之書：指《管子》。　**賓胥無：**齊桓公時大夫。　**逆知：**預知。　**誕謾：**荒誕虛妄。

5

天下並不是沒有賢人，(只是) 有賢臣而沒有明君 (去重用他)。齊桓公在世時，說天下不會再有管仲 (那樣的人才)，我不相信。《管子》一書中，記載管仲臨終時評論鮑叔牙、賓胥無的為人，並且分別列出了他們的短處，這 (說明) 管仲內心認為這幾個人都不足以託付國家重任，又預料到自己快要死了，那麼 (可見)《管子》這部書荒誕虛妄、不足為信了。

日益精進

《管子》

由後人根據管仲的思想言論編纂而成，大約成書於戰國至秦漢時期。此書內容龐雜，包含道、名、法等各家的思想以及天文、曆數、地理、經濟和農業等知識。

吾觀**史鰌**(qiū)，以不能進蘧(qú)伯玉，而退   彌(mí)子瑕(xiá)，故有身後之諫(jiàn)  ；**蕭何**且死，舉曹參以自代。大臣之用心，固宜如此也。夫國以一人興，以一人亡。賢者不悲其身之死，而憂其國之衰，故必復有賢者，而後可以死。彼管仲者，何以死哉？

史鰌：春秋時衞國大夫。他多次為衞靈公不用賢臣蘧伯玉，卻寵愛善於逢迎的彌子瑕而進諫，但衞靈公一直不聽。於是，他讓兒子在自己死後將屍身放到衞靈公窗下，表示死後仍要進諫。衞靈公終於醒悟，用蘧伯玉而不用彌子瑕。　**蕭何：**西漢初丞相。

我看史鰌，因為不能（向衛靈公成功）舉薦蘧伯玉，（並讓衛靈公）斥退彌子瑕，所以有死後的進諫；蕭何臨終時，推薦曹參接替自己。大臣的用心，本來應該如此。國家因一個賢者（執政）而興盛，因一個賢者（去位）而衰亡。賢能的大臣並不為自己死去而悲傷，而為他的國家衰落而擔憂，所以一定還要有賢者（繼位），然後才可以離世。那個（沒有做到這一點的）管仲，怎麼能（就這樣）死去呢？

㊐㊣㊢㊤

日益精進

蕭規曹隨

比喻按照前人的成規辦事。西漢初年，蕭何雖然與曹參不和，但仍在重病中向漢惠帝推薦曹參接替自己為相。曹參任丞相後，也全部按照蕭何創立的規章制度辦事。

普通話朗讀

六國論

蘇洵

姓名	蘇洵
別稱	字明允
出生地	眉州眉山（今屬四川省）
生卒年	公元 1009—1066 年

最強爸爸

與其子蘇軾、蘇轍合稱「三蘇」，三人均被列入唐宋八大家

大器晚成

年二十七，始知發憤讀書

暢銷書作家

代表作：《六國論》《心術》《衡論》

生命指數

58 歲

江湖初遇，為時不晚

年輕的蘇洵，考進士鎩羽而歸，從此人生頹廢。

母親病逝，當頭棒喝，才讓他如夢初醒。昔日的聰明並不能抵擋歲月的蹉跎，他決定再次出發。

世間能量皆守恆，今日的低頭，用來償還年少的嬉遊。

後來，他的兒子蘇軾也出生了。不知是新生兒讓他變得成熟，還是苦讀送來了反哺，蘇洵終於在閉門苦讀多年以後，於頃刻之間下筆千言。將自己清零，與孩子一起學習，一起進步，是一個老父親的快樂，也是一個小學生的怡然。

人到中年的蘇洵，帶着蘇軾、蘇轍赴考，終於被歐陽修發現、激賞，從此名滿文壇。

老驥伏櫪，志在千里。江湖初遇，為時不晚。

1 六國破滅，非兵不利，戰不善，弊在**賂**(lù)

秦。賂秦而力虧，破滅之道也。**或曰**：六國**互喪**，**率**(shuài)賂秦耶？曰：不賂者以賂者喪。蓋

失強援，不能獨**完**。故曰：弊在賂秦也。

賂：贈送財物。　**或曰：**有人說。　**互喪：**相繼滅亡。　**率：**全都，一概。　**完：**保全。

1

六國的滅亡，不是（因為）武器不鋒利，仗打得不好，弊病在於（用土地來）賄賂秦國（以求和）。向秦國割地賄賂虧損了自己的力量，（這就是國家）滅亡的原因。有人問：「六國相繼滅亡，（難道）全部（是因為）向秦國割地賄賂嗎？」（回答）說：「不賄賂秦國的國家因為向秦國賄賂的國家而滅亡。原因是（不賄賂秦國的國家）失掉了強有力的外援，不能獨自保全。所以說：弊病在於（用土地來）賄賂秦國（以求和）。」

日益精進

六國與北宋

在蘇洵生活的年代，北宋每年要向遼和西夏上貢大量財物，助長了遼、西夏的氣焰，帶來了無窮的禍患。針對這樣的現實，蘇洵寫下了《六國論》，借古諷今，告誡北宋統治者要吸取六國滅亡的教訓，以免重蹈覆轍。

②　秦**以攻取**之外，小則獲邑(yì)，大則得城。較秦之所得，與戰勝而得者，其實百倍；諸侯之所亡，與戰敗而亡者，其實亦百倍。則秦之所大慾，諸侯之所大患，固不在戰矣。思**厥**(jué)先**祖父**，**暴**(pù)

霜露，斬荊棘(jīng jí)，以有尺寸之地。子孫視之不甚惜，**舉以予人**(yǔ)，如棄草**芥**(jiè)

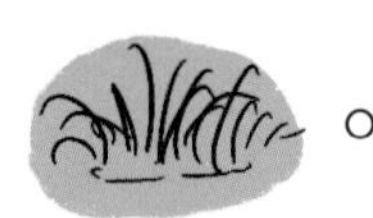

。

以攻取：用攻戰（的方法）取得。　**厥**：相當於「其」。　**祖父**：泛指祖輩、父輩。
暴：同「曝」，暴露。　**舉以予人**：拿來送給別人。　**芥**：小草。

2

秦國除了用攻戰（的方法）取得（土地），（還受到諸侯的賄賂，）小的就獲得邑鎮，大的就獲得城池。把秦國（受賄賂）所得到的（土地）與戰勝別國所得到的（土地）相比較，這實際多了百倍；六國（因割讓而）喪失的（土地），與戰敗所喪失的（土地相比），這實際上也多了百倍。那麼秦國最大的慾望，六國諸侯最大的隱憂，本來就不在於戰爭。想到他們的祖輩和父輩，冒着寒霜雨露，披荊斬棘，才有了很少的一點土地。子孫對那些土地卻不很愛惜，拿來送給別人，就像丟棄小草一樣。

日益精進

秦國崛起

商鞅變法以後，秦國由於社會改革比較徹底，經濟發展迅速，軍隊裝備精良，戰鬥力大大增強。到了嬴政即位時，「戰國七雄」中的其他六國都已衰敗，秦國則一枝獨秀，具備了統一天下的條件。

今日割五城，明日割十城，然後得一夕安寢。起視四境，而秦兵又至矣。然則諸侯之地有限，暴（bào）秦之慾無**厭**

，**奉之彌（mí）繁**，**侵之愈急**。故不戰而強弱勝負已**判**矣。至於顛覆，理固**宜然**。古人云：「以地事秦，猶抱薪救火，薪不盡，火不滅。」此言**得**之。

厭：滿足。　**奉之彌繁，侵之愈急：**（六國）送給秦越多，（秦）侵犯六國越厲害。

判：決定，確定。　**宜然：**應該這樣。　**得：**適宜、得當。

今天割讓五座城，明天割讓十座城，這樣之後（才能）得到一夜的安睡。（待明天）起牀一看四周邊境，秦國的軍隊又來了。既然這樣，那麼六國的土地有限，而強暴的秦國的慾望永遠不會滿足，（六國）送給秦越多，（秦）侵犯六國就越厲害。所以用不着戰爭，誰強誰弱、誰勝誰負就已經確定了。直到（六國）最終覆滅，就是理所當然的（結果了）。古人説：「用土地侍奉秦國，就好像抱柴救火，柴不燒完，火就不會滅。」這話説得很正確。

日益精進

抱薪救火

也作「負薪救火」，比喻因為方法不對，雖然有心消滅禍患，結果反而使禍患擴大。戰國末年，秦國不斷併吞鄰近的國家，魏國決定割讓土地給秦國求和。戰略家蘇代反對，他說：「通過割讓土地去和秦國講和，就像抱着柴火去救火，柴沒燒完，火是不會滅的。」可是魏王不聽勸阻。最後真的就像蘇代説的一樣，秦國根本不滿足，掠奪了更多城池，並於公元前 225 年滅掉了魏國。

❸ 齊人未嘗賂秦，終繼五國**遷滅** dead，何哉？**與嬴**(yíng)而不助五國也。五國既喪，齊亦不免矣。燕(yān)趙之君，始有**遠略**，能守其土，義 正義勢力登場 不賂秦。是故燕雖小國而後亡，斯用兵之效也。至丹以**荊卿**(qīng)為計，始**速**禍焉。趙嘗五戰於秦，二敗而三勝。後秦擊趙者再

，李牧連卻之。

遷滅：滅亡。　**與：**親附、親近。　**嬴：**秦國君主的姓，這裏指秦國。　**遠略：**長遠的謀略。
荊卿：荊軻，即下文提到的「刺客」。　**速：**招致。

3

齊國不曾賄賂秦國，最終也隨着五國滅亡了，為甚麼呢？（是因為齊國）親附秦國而不幫助其他五國。五國已經滅亡了，齊國也就沒法倖免了。燕國和趙國的國君，起初有長遠的謀略，能夠守住他們的國土，堅持正義，不賄賂秦國。因此燕雖然是個小國，卻後來才滅亡，這就是用兵抗秦的效果。等到後來（燕太子）丹用（派遣）荊軻（刺殺秦王）作為（對付秦國的）計策，才招致了（滅亡的）禍患。趙國曾經與秦國交戰五次，打了兩次敗仗、三次勝仗。後來秦國兩次攻打趙國，（趙國大將）李牧接連打退秦國的進攻。

日益精進

荊軻

戰國時期著名刺客，喜好讀書擊劍，為人慷慨俠義，遊歷到燕國，被人推薦給太子丹。秦國威脅燕國南界，太子丹震懼，決定派荊軻入秦行刺秦王。臨行前的場面十分悲壯，荊軻作「風蕭蕭兮易水寒，壯士一去兮不復還」之句。後荊軻刺秦王不中，被秦王拔劍擊成重傷後為秦侍衛所殺。

靜靜等……

洎(jì)牧以讒(chán)誅，邯鄲為郡，惜其用武而不終

也。且燕趙處秦革滅殆(dài)盡之際，可謂智力孤危

，戰敗而亡，誠不得已。向使**三國**各愛其地

，齊人勿附於秦，刺客不行，良將猶在，則**勝負之數**，**存亡之理**，**當**(tǎng)與秦相**較**，或未易量(liáng)。

洎：及，等到。　**三國：**指韓、魏、楚三國。這三國都曾割地賂秦。
勝負之數，存亡之理：勝敗存亡的命運。數、理，指天數、命運。　**當：**通「倘」，倘若。
較：較量。

等到（後來）李牧因受誣陷而被殺死，（趙國都城）邯鄲變成（秦國的）一個郡，趙國用武力（抗秦）而沒能堅持到底，令人惋惜。況且，燕、趙兩國正處在秦國把其他國家快要消滅乾淨的時候，可以説是智謀窮竭，國勢孤立危急，（因此）戰敗而亡國，確實是不得已。假使韓、魏、楚三國各自愛惜自己的國土，齊國不依附秦國，（燕國的）刺客不去（刺秦王），（趙國的）良將（李牧）還活着，那麼勝敗存亡的命運，倘若與秦國相較量，也許還不容易衡量（出高低來）呢。

日益精進

秦滅六國之戰

秦國從公元前 230 年攻打韓國到公元前 221 年滅齊國，在十年的時間裏先後消滅韓、趙、魏、楚、燕、齊六國，結束了中國自春秋以來長達 500 多年的諸侯割據紛爭的局面。

4 嗚呼！以賂秦之地封天下之謀臣，以事秦之心禮

天下之奇才，並力西向，則吾恐秦人食之不得下咽也。悲夫！有如此之勢，而為秦人**積威**之所**劫**，日

xuē　　　　　　　　wéi

削月割，以趨於亡。**為**國者無使為積威之所劫哉！

積威：積久而成的威勢。 **劫：**脅迫，挾持。 **為：**治理。

4

唉！（如果各國）把賄賂秦國的土地封給天下的謀臣，用侍奉秦國的心來禮遇天下的奇才，齊心合力地向西（對付秦國），那麼我擔心秦國人連飯也咽不下。可悲呀！有這樣的（有利）形勢，卻被秦國積久而成的威勢所脅迫，天天割地，月月割地，以致於（國家）走向滅亡。治理國家的人不要被積久而成的威勢所脅迫呀！

日益精進

「三蘇」三篇《六國論》

六國為秦所滅，秦歷二世而亡，這一段歷史歷來深受關注。不僅是蘇洵，蘇軾、蘇轍也各自寫了一篇《六國論》。他們站在不同的角度發表議論和感慨，而又都借古鑑今、針砭時弊，表現出古代士人家國天下的情懷。

5 夫六國與秦皆諸侯，其勢弱於秦，而猶有可以不賂而勝之之勢。苟以天下之大，**下**

而從六國破亡之**故事**（shì）

(√)

(✗)

，是又在六國下矣。

下：降低身份。　**故事：**舊事。

5

六國和秦國都是諸侯之國，（儘管）它們的勢力比秦國弱，但還有可以不賄賂秦國而戰勝它的形勢。（今天）如果憑藉這麼大的一個國家，自降身份跟着去做六國滅亡的舊事，這就又在六國之下了。

日益精進

論

「論」作為一種文體，屬議論文。西晉的陸機在《文賦》中寫道：「論精微而朗暢。」意思是，論用以評述是非功過，語言精闢、縝密而明白流暢。

普通話朗讀

遊褒禪山記

王安石

姓名 王安石

別稱 字介甫，號半山

出生地 臨江軍（今屬江西省）

生卒年 公元 1021—1086 年

哲學家

哲學命題「新故相除」把中國古代辯證法推到一個新的高度

邋遢鬼

不愛洗澡，不愛換衣服

拗相公

為人執拗，不懂變通

生命指數

66 歲

跟我一起下山

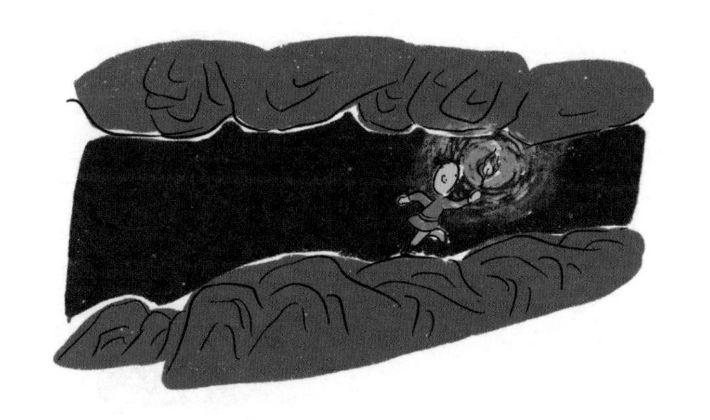

古代文人在政途坎坷的時候常會寄情於山水，權作中場休息。如選擇偏安一隅遠離塵囂，場景則多為山下或水邊。

三十四歲的王安石從任上辭職，在回家的路上遊覽了褒禪山。這個終將讓大宋颳起凌厲旋風的人，此刻在做的，是辭官，一再地辭官。這引起了朝臣的關注。

熙寧二年的春節，大儺儀格外熱鬧。百姓們忙着燃放爆竹，更換桃符，喝屠蘇酒。

王安石，四十九歲，寫下了那首著名的《元日》，對未來充滿期待。自此，這個既長得醜又不愛洗澡的拗相公，在中國歷史上站出了橫刀立馬、「雖千萬人而吾往矣」的氣勢。

這讓我們回想起那個一再辭官的王安石。有時候，蟄伏是為了更好地前進。也許當年在褒禪山上，王安石就已經為其波瀾壯闊的一生寫下註腳。做好準備，我們下山。

1

褒禪山亦謂之華山。唐**浮圖**慧褒始舍(shè)於其址，而卒葬之，以故其後名之曰褒禪。今所謂慧空禪院者，褒之**廬****塚**也。距其院東五里，所謂華山洞者，以其乃華山之**陽**名之也。距洞百餘步，有碑**仆(pū)道**，其文**漫滅**，獨其為文猶可識，曰「花山」。今言「華」如「華實」之「華」者，蓋音謬也。

浮圖：古代印度文字梵語的音譯，有佛、佛塔、佛教徒幾個不同的意義，這裏指佛教徒，即和尚。　**廬：**廬舍，禪房。　**塚：**墳墓。　**陽：**古代山的南面、水的北面稱為「陽」。　**仆道：**倒在路上。　**漫滅：**指碑文剝蝕嚴重，模糊不清。

1

褒禪山也叫華山。唐朝和尚慧褒當初在這裏（蓋房）居住，死後又埋葬在這裏，因為這個緣故，在慧褒之後這座山就被稱為褒禪山。現在所說的慧空禪院，（就是）慧褒和尚的房舍和墳墓。距離這座禪院東邊五里處，（有一個）被稱為華山洞的地方，因為它地處華山的南面而（這樣）命名它。距離洞口一百多步，有石碑倒在路上，碑文模糊不清，只有碑文殘存字跡還可以辨認，（上面）寫着「花山」。現在把（華山的）「華」字讀為「華實」的「華」，大概是讀錯音了。

日益精進

古代的「步」

古代，行走時跨出一足為跬（kuǐ），左右足各跨出一跬為步。同時，「步」也是古代的一種長度單位，但其標準歷代不一。周代以八尺為步，秦代以六尺為步，舊制以營造尺五尺為步。本文中的「步」泛指腳步。

2 其下平曠，有泉側出，而**記遊者****甚眾**，所謂「前洞」也。由山以上五六里，有穴**窈**(xuéyǎo)**然**，入之甚寒，問其深，則其好(hào)遊者不能**窮**也，謂之「後洞」。予與四人**擁火**以入，入之愈深，其進愈難，而其見愈奇。有**怠**而欲出者，曰：「不出，火且盡。」遂與之俱出。

記遊者甚眾：題字留念的人很多。　**窈然：**幽深的樣子。　**窮：**盡。這裏指走到洞的盡頭。
擁火：打着火把。　**怠：**懈怠。

2

洞下地勢平坦空闊，有泉水從側壁流出來，（到這裏來遊覽並在洞壁）題字留念的人很多，（這就是人們）所説的「前洞」。沿山往上（走）五六里，有山洞幽暗深邃，走進洞裏（覺得）非常寒冷，要問這個洞有多深，就連那些喜愛遊山玩水的人也不能走到它的盡頭，（人們）稱它「後洞」。我和四個同伴舉着火把進去，進入得越深，前進就越發困難，而看到的景致就越發奇妙。（同伴中）有退縮了想回去的人説：「（如果）不出去，火把就要燒完了。」於是（大家）都同他一起出來了。

日益精進

遊記不為記遊

《遊褒禪山記》是中國古代遊記散文中的精品，但對遊覽的記述比較簡略，而超越於山情水韻之外，把重心放在了議論上。

蓋予所至，比好(hào)遊者尚不能十一，然視其左右，來而記之者已少。蓋其又深，則其至又加少矣。方是時，予之力尚足以入，火尚足以明也。既其出，則或**咎**(jiù)其欲出者，而予亦悔其隨之，而不得**極**乎遊之樂也。

咎：怪罪。　**極：**盡。這裏指盡興、盡情。

大概我所到達（的深度），同那些喜歡遊覽的人相比還不到十分之一，然而看看洞壁左右，來到（這裏）並且刻字留念的人已經很少了。大概洞穴再往深處，到（的人）又更少了吧。在這個時候，我的體力還足夠繼續深入，火把還足夠照明。退出（洞）以後，就有人抱怨那個要退出來的人，我也後悔跟着他（退了出來），而沒有能夠盡情（享受）遊玩的樂趣。

日益精進

古漢語中的兩數連用

古漢語中，兩個數字連用的現象比較普遍，但表達的意思多種多樣。有的表示具體的數字，如「年且九十」（《愚公移山》）中的「九十」就是 90（歲）；有的表示數字相乘，如「三五之夜」（《項脊軒志》）中的「三五」即 3×5；有的表示分數，如「比好遊者尚不能十一」中的「十一」即十分之一；有的表示約數，如「若止印二三本」（《夢溪筆談》）中的「二三」；有的可活用為動詞，如「二三其德」（《詩經・衞風・氓》）中的「二三」是使動用法，有再三反覆的意思。

3 於是予有歎焉。古人之觀於天地、山川、草木、蟲魚、鳥獸，往往有**得**，以其**求思**

之深而無不在也。夫**夷**

以近，則遊者眾，險以遠，則至者少。而世之奇偉**瑰怪**、**非常**

之**觀**，常在於險遠，而人之所罕至焉，故非有志者不能至也。有志矣，不隨以止也，然力不足者，亦不能至也。

得：心得。　**求思：**探索、思索。　**夷：**平坦。　**瑰怪：**壯麗、怪異。
非常之觀：平時很難看到的景觀。

3

因此我很有感慨。古代的人對於觀察天地、山川、草木、蟲魚、鳥獸（這樣一些自然現象），往往有心得，因為他們思考得很深入而且處處都能如此。平坦而且近便（的地方），遊人就多，艱險而偏遠的地方，到達的人就少了。然而世間奇妙、雄偉、壯麗、怪異而不同尋常的景象，常常在艱險偏遠而且人們極少到達的地方，因此沒有堅強意志的人是不能到達的。有意志不隨着（別人）停止，可是（又）體力不足的人，也不能到達。

日益精進

盡志而無悔

《遊褒禪山記》寫於王安石青年時期。他當時就有志於改變北宋積貧積弱的局面，同時也認識到，改革不可能一帆風順，但只要做到了「盡吾志」，就算不成功，也「可以無悔矣」。「盡志而無悔」思想正是王安石後來百折不撓地實行變法的思想基礎，《遊褒禪山記》相當於王安石獻身改革的決心書。

有志與力，而又不隨以怠，至於幽暗昏惑，

而無物以 **相**（xiàng）

之，亦不能至也。**然力足以至焉**，於人為可**譏**，而在己為有悔。盡吾志也而不能至者，可以無悔矣，其孰能譏之乎？此予之所得也。

相：輔助。　**然力足以至焉：**疑這句後面省去「而不能至」之類的話。　**譏：**譏笑。

既有意志和體力，又不隨着（別人）懈怠，到了幽深昏暗而令人迷惘（的地方），卻沒有外物輔助（辨路），也不能到達。然而體力足以到達（實際上卻沒有到達），在別人（看來）是可以譏笑的，在自己（看來）是有所懊悔的。（如果已經）盡了自己的努力而（仍然）不能到達，（那我就）可以不必懊悔了，誰又會來譏笑我呢？這些（就是）我的心得。

日益精進

深思而慎取

這既是對當時學者的勸勉，也是王安石自己治學態度的寫照。王安石在治學方面有頗多創見，不為前人之見所束縛。他寫的詠史詩和懷古詩，也多半一反常人的切入角度，透露出自己獨特的真知灼見。

4

予於仆(pū)碑，又有**悲**  夫(fú)古書之不存，後世之**謬**其傳而莫能名者，何可**勝**(shēng)道也哉！此所以學者不可以不深思而慎取  之也。

5

四人者：廬陵蕭君圭君玉，長樂王回深父，予弟安國平父、安上純父。

悲：悲歎。　**謬：**差錯，錯誤。　**勝：**盡。

4

我對於（那塊）倒在路上的石碑，又因而感歎古代文獻的散失，後代的人以訛傳訛而無法（正確）稱呼（這座山），（這樣的例子）怎麼能説盡呢！這就是讀書求學的人（對於學問）不能不深入思考而謹慎選擇的原因哪。

5

（同我一道遊覽的）四個人是：廬陵的蕭君圭字君玉，長樂的王回字深父，我的弟弟安國字平父、安上字純父。

日益精進

臨川三王

指的是宋代的王安禮、王安國和王雱（pāng）。其中，王安禮和王安國是王安石的弟弟，王雱是王安石的兒子。他們都是古代臨川文學的傑出代表。

普通話朗讀

答司馬諫議書

王安石

姓名　王安石

別稱　字介甫，號半山

出生地　臨江軍（今屬江西省）

生卒年　公元 1021—1086 年

理想主義者

只為變法，不怕政敵阻擋，不顧朋友反對，不怕名聲被毀

暢銷書作家

代表作：《傷仲永》《遊褒禪山記》《讀孟嘗君傳》

清廉宰相

不坐轎子不納妾，死後無任何遺產

生命指數

66 歲

如果沒有那場變法

沒有人願意用「執拗」「剛愎」「偏執」這樣的詞定位自己，但王安石不介意，他說：「天變不足畏，祖宗不足學，人言不足恤。」他要變革，人擋殺人，佛擋殺佛。

當朝臣們高談闊論冗兵、冗官、冗費的問題時，只有王安石拿出了實際行動。

如果沒有那場變法，王安石還會和歐陽修繼續唱和詩文，和司馬光無話不談，和蘇軾相約做鄰居。

當然，世上沒有如果。彼此政見不同迫使歐陽修遠離京城，司馬光退而著書，蘇軾被一貶再貶……而王安石自己，在大約八百年的歷史長河裏，與秦檜一同被視為奸邪小人。

王安石一生為官清廉，德行極高，當所有的朋友最終都成了他的政敵時，他卻沒有一個私敵。在成王敗寇的評價體系裏，對於王安石，是讚美還是詆毀？你的選擇是甚麼？

❶ **某**啟：昨日**蒙教**(jiào)，竊以為與君實**遊處**(chǔ)相好之日久，而議事**每**不合，所操之**術**多異故也。雖欲**強聒**(qiǎng guō)，終必不蒙**見察**，故略上報，不復一一自**辨**。重(chóng)念蒙君實視遇厚，於**反覆**不宜鹵莽(lǔ mǎng)，故今具道所以，冀君實或見恕也。

某：草稿中用以指代本人名字。　**蒙教**：承蒙您賜教（指來信）。　**遊處**：同遊共處，交往。　**每**：常常。　**術**：方法、主張。　**強聒**：嘮叨不休。聒，説話聲嘈雜。　**見**：被。　**察**：理解。　**辨**：同「辯」，分辯。　**反覆**：指書信往返。

❶

鄙人王安石敬啟：昨天承蒙您（來信）賜教，（我）私下認為與您交往的日子很久了，但是議論起政事來常常意見不一致，（這是因為我們）所持的政治主張多有不同啊。雖然想要（向您）勉強解釋，（但）最終也必定不被（您）理解，因此（只是）很簡略地給您回信，不再逐一替自己辯解。又想到受您優厚地對待，在書信往來上不宜馬虎草率，所以（我）現在詳細地說出（我這樣做的）理由，希望您或許能諒解我吧。

日益精進

王安石變法

發生在宋神宗時期的改革，是中國古代史上繼商鞅變法之後又一次規模巨大的社會變革運動。變法以發展生產、富國強兵、挽救宋朝政治危機為目的，以理財、整軍為中心，涉及政治、經濟、軍事、社會、文化各方面。但由於部分變法舉措不合時宜，令百姓利益受到不同程度的損害，加之觸動了大地主階級的根本利益，所以遭到反對。宋神宗去世後，新法除了置將法，全部被廢。

2 蓋儒者所爭，尤在於名實，名實已明，而天下之理得矣。今君實所以見教(jiào)者，以為**侵官**

、**生事**、**征利**、**拒諫**(jiàn)，以致天下怨謗(bàng)也。某則以謂受命於人主，議法度而修之於朝廷，以授之於有司，不為侵官；**舉**先王之政，以興利除弊，不為生事；為天下理財，不為征利；

侵官：侵奪官吏（的職權）。　**生事**：滋生事端。　**征利**：求取錢財。
拒諫：拒絕接受不同意見。　**舉**：施行。

②

讀書人所爭論的問題，尤其注重於名和實（是否相符），（如果）名和實（的關係）已經明確了，天下的根本道理也就清楚了。如今君實您來指教我的，是認為（我推行新法）侵奪官吏（職權）、生事（擾民）、求取錢財、拒絕接受不同意見，因此招致天下人怨恨和非議。我卻認為從皇帝那裏接受命令，議訂法令制度並在朝廷上修正，把它交給負有專責的官吏（去執行），（這）不屬侵奪官權；施行先皇的（賢明）政治，用來興辦好的事業，革除弊端，（這）不是惹是生非；替國家治理財政，（這）不是求取錢財；

日益精進

司馬光

字君實，北宋政治家、史學家。為人溫良謙恭、剛正不阿；做事用功，刻苦勤奮。他「日力不足，繼之以夜」，堪稱儒學教化下的典範。生平著作甚多，主要有《資治通鑑》等。

辟（pì）邪說，**難**（nàn）

壬人（rén），不為拒諫。至於怨誹（fěi）之多，則固**前**知其如此也。

3 人習於苟且非一日，士大夫多以不**恤**（xù）國事、同俗自媚（mèi）於眾為善，上乃欲變此，而某不量（liàng）敵之眾寡（guǎ），欲出力助上以抗之，則眾何為而不**洶洶然**？

辟：批駁。 **難**：排斥。 **壬人**：善於巧言獻媚、不行正道的人。 **前**：預先。
恤：顧念，憂慮。 **洶洶然**：形容聲勢盛大或兇猛。

駁斥錯誤的言論，排斥巧辯的佞人，(這) 不是拒聽意見。至於怨恨和誹謗很多，(那是我) 本來 (就) 預料到它會這樣的。

3

人們習慣於得過且過 (已) 不是一天了，士大夫們多數把不顧國家大事、附和世俗而向眾人獻媚討好當作好事，(因而) 皇上才要改變這種 (不良風氣)，而我不去估計反對者的多少，想出力幫助皇上對抗他們，那麼這些人又怎會不大吵大鬧呢？

日益精進

駁論

反駁對方的觀點，並在此基礎上闡明自己的觀點和意見。

盤庚(gēng)之遷，**胥(xū)怨** 

者民也，非特朝廷士大夫而已；盤庚不為怨者故改其**度(dù)** 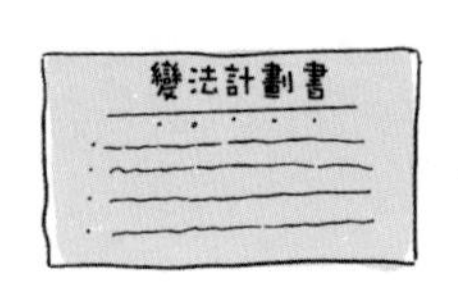

，**度(duó)**  **義**而後動，**是**而不見**可悔**故也。如君實責我以在位久，未能助上大有為，以**膏澤斯民**，則某知罪矣；

盤庚之遷：商王盤庚為了鞏固統治、躲避自然災害，將國都遷到殷。

胥怨：相怨，這裏指百姓對上位者的怨恨。　**度：**第一個意為「計劃」，第二個意為「考慮」。

義：適宜。　**是：**認為正確。　**可悔：**值得反悔的地方。　**膏澤斯民：**施恩惠給人民。

盤庚遷都，連老百姓都（對此）怨恨，（並）不只是朝廷上的士大夫而已；盤庚不因為有人怨恨就改變自己的計劃，考慮到（事情）適宜就採取行動，（這是）認為（自己）正確且看不出有甚麼值得反悔的地方的緣故啊。如果君實您責備我是因為（我）在位很久，沒能幫助皇上幹一番大事業，施恩惠給人民，那麼我知罪；

日益精進

盤庚遷殷

盤庚即位時，商王朝內亂頻繁，政治腐敗，國勢衰弱。為了擺脱困境，避免水災，盤庚於公元前 1300 年將國都遷到殷（今河南省安陽市）。遷都後，商朝復興，諸侯來朝。

如曰今日當一切**不事事**，守前所為而已，則非某之所敢知。

❹ 無**由會晤**，**不任區區**嚮往之至！

（晤：wù）

不事事：不做事，無所作為。前一個「事」是動詞，辦（事）。　**由：**緣由。　**會晤：**見面。
不任：不勝。　**區區：**小，用作自稱的謙辭。

如果說現在不應該做任何事，墨守前人的陳規舊法就是了，那麼（這就）不是我敢領教的了。

4 沒有緣由見面，我不勝仰慕至極！

日益精進

政見相左的諍友

王安石和司馬光都有着磊落的襟懷，他們雖在政見上有很大分歧，但都以維護宋朝統治為出發點，互相保持着對對方人格的敬重。這用司馬光的話來説，便是「光與介甫趣向雖殊，大歸則同」。王安石也承認，他們「議事每不合，所操之術多異故也」。

普通話朗讀

石鐘山記

蘇軾

姓名　蘇軾

別稱　字子瞻，一字和仲，
號鐵冠道人、東坡居士，
世稱蘇東坡

出生地　眉州眉山（今屬四川省）

生卒年　公元 1037—1101 年

大書法家

代表作：《黃州寒食詩帖》《赤壁賦》《祭黃幾道文》

社會關係

與其父蘇洵、其弟蘇轍合稱「三蘇」

最佳評論員

評價韓愈：文起八代之衰，而道濟天下之溺
評價歐陽修：論大道似韓愈，論事似陸贄，記事似司馬遷，詩賦似李白

生命指數

65 歲

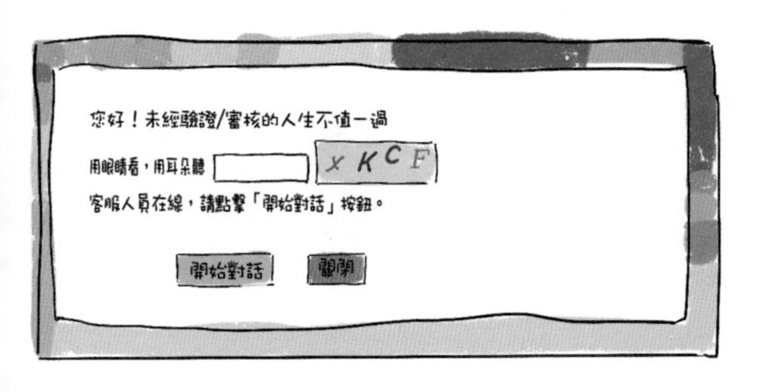

注意，蘇東坡上線

如果把唐宋八大家裝訂成書，蘇軾一定是開篇第一章。他是繼歐陽修之後的文壇領袖，宋代文學的一代宗師。

不得不承認，有些人自帶使命來到人間。蘇軾開啟了豪放派宋詞的序章。他的一生峯迴路轉，足跡幾乎遍佈神州。四十三歲，「烏台詩案」成為他人生的岔路口。被以莫須有的罪名貶謫至黃州，他終於有了一塊地，開始耕種，造屋，自號「東坡居士」。

自此，蘇軾正式成為蘇東坡。

黃州幾年，是他生命中的至暗時刻。「寂寞沙洲冷」，和當初的「老夫聊發少年狂」，像出自兩個人的手筆。但詞人之所以偉大，是因為他能把淒風苦雨釀成「大江東去」，把思念鐫刻進「十年生死兩茫茫」，可以用生活的苦難成就無數千古名篇。《石鐘山記》即是他調離黃州之時的作品。

前半生，蘇軾少年得志。

後半生，蘇東坡豁達頑皮，正如人間煙火。

❶ 《水經》云：「**彭蠡**(lǐ)之口有石鐘山焉。」**酈**(lì)**元**以為下臨深潭，微風**鼓**浪，水石相搏，聲如洪鐘。是說也，人常疑之。今以鐘**磬**(qìng)

置水中，雖大風浪不能鳴也，而況石乎！至唐李渤始訪其**遺蹤**，得雙石於潭上，扣而聆(líng)之，南聲**函胡**，北音**清越**，**桴**(fú)**止**

響騰，**餘韻**徐**歇**。

彭蠡：鄱陽湖的別稱。　**酈元：**即酈道元。　**鼓：**激盪，掀動。　**磬：**古代打擊樂器，形狀像曲尺，用玉或石製成。　**遺蹤：**舊址，陳跡。這裏指所在地。　**函胡：**同「含糊」。　**清越：**清脆悠揚。　**桴止響騰：**鼓槌停止了（敲擊），聲音還在傳播。騰，傳播。**餘韻徐歇：**餘音慢慢消失。韻，聲音。

1

《水經》上說：「彭蠡湖的湖口，有一座石鐘山。」酈道元認為（它）之所以得名是因為山下對着深潭，微風吹動波浪，湖水和石頭互相撞擊，發出的響聲像洪鐘（的聲音）。這種說法，人們常常懷疑（它的正確性）。現在把鐘和磬放置在水中，即使有很大的風和浪（它們）也不能發出響聲，更何況是石頭呢！到了唐代，李渤才尋訪酈道元到過的地方，在深潭上面找到兩塊石頭，敲擊（它們），聽它們發出的聲音，南面（的石頭發出的）聲音厚重而模糊，北面（的石頭發出的）聲音清脆悠揚，鼓槌停止（敲擊），聲音還在傳播，餘音慢慢地消失。

日益精進

酈道元

北魏時期地理學家。他在少年時跟隨父親遊歷，得以觀察各地山川風物，也因此激發了其對於大好河山的熱愛。他著有《水經注》四十卷，成為中國遊記文學的開創者，對後世遊記散文的發展影響頗大，並由此形成地理學派。

自以為得之矣。然是說也，余尤疑之。石

kēng

之**鏗然**有聲者，所在皆是也，而

此獨以鐘名，何哉？

2 元豐七年六月丁丑，余自齊安舟行適

xīng

臨汝，而長子邁將赴饒之德興尉，送之至

湖口，因得觀所謂石鐘者。寺僧使小童持斧

，於亂石間擇其一二扣之，**硿硿焉**。余

固笑而不信也。

鏗然：形容敲擊金石發出的響亮的聲音。　**硿硿焉：**硿硿地響。

（李渤）自己便認為找到石鐘山命名的原因了。然而（對於）這種說法，我更加懷疑。能發出鏗鏗聲音的石頭，到處都有，而這裏偏偏用「鐘」來命名，是甚麼緣故呢？

2

元豐七年六月初九，我從齊安乘船到臨汝去，（同時）大兒子蘇邁要到饒州的德興縣就任縣尉，（我）送他到湖口，因而得以看到傳說中的石鐘山。寺院裏的和尚讓一個小童拿着斧頭，在亂石中挑選一兩塊來敲擊，硿硿地響，我還是笑笑而不相信（是這麼回事）。

日益精進

遊記

散文的一種，主要記述旅途見聞、某地歷史沿革、現實狀況、社會習尚、風土人情和山川景物、名勝古跡等，也表達作者的思想感情。文筆輕快，描寫生動。

至暮夜月明，獨與邁乘小舟，至絕壁下。大石側立千尺，如猛獸奇鬼，**森然**欲搏人；而山上**棲鶻**（qī hú），聞人聲亦驚起，**磔磔**（zhé）雲霄間；又有若老人咳（ké）且笑於山谷中者，或曰此**鸛**（guàn）**鶴**也。余方**心動**欲還（huán），而大聲發於水上，**噌吰**（chēng hóng）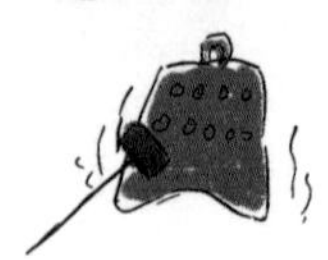如鐘鼓不絕。舟人大恐。

森然：陰森的樣子。 **棲鶻**：宿巢的隼。鶻，隼的舊稱。 **磔磔**：鳥鳴聲。
鸛鶴：水鳥，似鶴而頂不紅，頸和嘴都比鶴長，夜宿高樹。 **心動**：內心驚恐。
噌吰：形容鐘鼓的聲音。

到了夜裏月光明亮時，（我）單獨同兒子蘇邁坐着小船，划到陡峭的石壁下。巨大的巖壁聳立（在水邊），高達千尺，（形態）猶如兇猛的野獸和奇特的鬼怪，陰森森的，像要撲擊我們似的；而山上宿巢的隼，聽到人的聲音也驚恐地飛起來，磔磔地鳴叫着飛上雲霄；又有像老人在山谷中邊咳嗽邊笑的聲音，有人說這是鸛鶴（的聲音）。我心裏正害怕，打算回去，（這時）卻從水上發出很大的聲音，噌吰噌吰像撞鐘、敲鼓一樣，響個不停。船伕十分害怕。

日益精進

曾侯乙編鐘

戰國早期曾國國君的一套大型禮樂重器，是迄今已發現的中國古代編鐘中規模最大、保存最好、音律最全、氣勢最宏偉的一套。它的每個鐘，水平截面為橢圓形，正鼓位和側鼓位可以敲出兩個不同音高的音，就是「一鐘雙音」。

徐而察之，則山下皆石穴罅(xuéxià) ，不知其淺深，微波入焉，**涵澹**(hándàn) 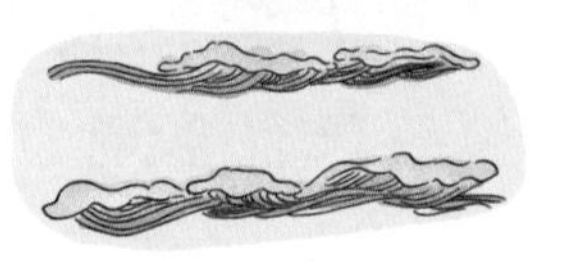 **澎湃**而為此也。舟回至兩山間，將入港口，有大石當(dǎng)中流，可坐百人，空中而多竅，與風水相吞吐 ，有**窾**(kuǎn)**坎鏜鞳**(tāng tà)之聲，與向之噌吰者相應，如樂(yuè)作焉。因笑謂邁曰：「**汝識之乎**？噌吰者，周景王之**無射**(yì)也；窾坎鏜鞳者，魏莊子之歌鐘也。**古之人不余欺也**！」

涵澹澎湃：(波浪) 激盪衝擊。涵淡，水波動盪。　**窾坎：**擊物聲。　**鏜鞳：**鐘鼓聲。
汝識之乎：你知道嗎？　**無射：**鐘名。
古之人不余欺也：古代的人 (稱這山為「石鐘山」) 沒有欺騙我啊！不余欺，即「不欺余」。

（我）慢慢地察看，原來山下都是石頭的孔洞和裂縫，不知它們的深淺，微小的波浪沖進去，（在孔隙間）激盪沖擊就發出這樣的聲音來。小船轉回行到兩座山之間，快要進港口處，有一塊大石頭橫擋在水流中央，（石上）大約可坐百人，中間是空的而且有很多小洞，與風和水相互吞吐，發出窾坎鏜鞳的聲音，同剛才噌吰噌吰的響聲互相應和，如同奏樂一樣。因而（我）笑着對蘇邁説：「你知道嗎？噌吰的聲音，（像）周景王的無射鐘（發出的聲音）；窾坎鏜鞳的聲音，（像）魏莊子編鐘（發出的聲音）。古人（稱這山為『石鐘山』）沒有欺騙我啊！」

日益精進

歌鐘

歌鐘即編鐘，是一種古代打擊樂器，在架子上懸掛一組音調高低不同的銅鐘，用小木槌敲打奏樂。

3 事不目見耳聞，而**臆斷**  其有無，可乎？酈元之所見聞，**殆**(dài)與余同，而言  之不詳；士大夫終不肯以小舟夜泊絕壁之下，故莫能知；而漁工水師雖知而不能言。**此世所以不傳**(chuán)  **也**。而陋者乃以斧斤考擊而求之，自以為得其實。余是以記之，蓋歎酈元之簡，而笑李渤之陋也。

臆斷：根據主觀猜測來判斷。　**殆：**大概。
此世所以不傳也：這就是世上沒有流傳（石鐘山得名由來）的緣故。

3

凡事不是親眼所見、親耳所聞，只憑主觀想像來判斷它有沒有，可以嗎？酈道元的所見所聞大概和我相同，但是講得不詳細；一般士大夫又始終不願（像我這樣）乘小船夜晚停在絕壁之下（仔細觀察），所以沒有誰能了解（真相）；而打魚人和船伕，雖然知道（真相）卻說不出（道理）來。這就是世上沒有流傳（石鐘山得名由來）的緣故。而那些見識淺陋的人竟然以用斧頭敲打石塊的方法來尋求真相，自以為找到了正確的答案。因此我記下這次遊歷的經過，歎惜酈道元（記載）簡單，譏笑李渤（見識）淺陋。

日益精進

王安石三難蘇學士

馮夢龍的《警世通言》裏有一則故事，名為《王安石三難蘇學士》，講述的是王安石通過黃州菊花落瓣、三峽之水不同、出句求對三件事考驗蘇軾才學，告誡蘇軾應虛心為學之事。故事的主旨「讀書人不可輕舉妄動，須是細心察理」與本文表達出的事須「目見耳聞」、不可臆斷的道理異曲同工。

普通話朗讀

刑賞忠厚之至論

蘇軾

姓名　蘇軾

別稱　字子瞻，一字和仲，號鐵冠道人、東坡居士，世稱蘇東坡

出生地　眉州眉山（今屬四川省）

生卒年　公元 1037—1101 年

暢銷書作家

《東坡七集》《東坡易傳》《東坡樂府》

全能藝人

詩獨具風格，與黃庭堅並稱「蘇黃」；詞開豪放一派，與辛棄疾並稱「蘇辛」；散文著述宏富，與歐陽修並稱「歐蘇」；書法，「宋四家」之一；文人畫，尤擅墨竹、怪石、枯木等

成語製造機

河東獅吼、雪泥鴻爪、胸有成竹、含辛茹苦、明日黃花、堅韌不拔……

生命指數

65 歲

1057年高考作文題匯總

全國卷

《刑賞忠厚之至論》

請以此題寫一篇不少於800字作文，文體不限，詩歌除外。

這是考場作文

《刑賞忠厚之至論》是考場作文。考生：蘇軾；年齡：二十一；考試科目：進士。我們無法想像，一篇應試作文，會流傳千年。

蘇軾的父親，是《三字經》裏提到的「二十七，始發奮」的「蘇老泉」。嘉祐二年，這位大器晚成的父親，帶着蘇軾、蘇轍，父子三人一齊赴京趕考。

這一年的主考官是學霸歐陽修。這一年的科舉考試正是宋代羣星閃耀時。這一年的蘇軾，在浩瀚銀河中成為北辰，一亮相即牽動了眾人的目光。

當考試逐漸成為緊箍咒時，也許我們該回溯歷史。蘇洵一生沒考中過進士，但成為大學者並開創蜀學的他，身體力行告訴我們，考試結果沒那麼重要。蘇軾、蘇轍告訴我們，如有天縱之才，應盡情發光。

蘇軾不是名門之子，但其父子三人合力創造了名門。

❶ **堯、舜、禹、湯、文、武、成、康**之際，何其愛民之深，憂民之切，而待天下以君子長(zhǎng)者之道也！有一善，從而賞之，又從而詠歌嗟歎之，所以樂其始而勉其終。有一不善，從而罰之，又從而**哀矜**(jīn)**懲創**之，所以棄其舊而開其新。

堯、舜、禹、湯、文、武、成、康：分別指唐堯、虞舜、夏禹、商湯、周文王、周武王、周成王、周康王。　**哀矜：**憐憫。　**懲創：**懲罰，警誡。

❶

唐堯、虞舜、夏禹、商湯、周文王、周武王、周成王、周康王的時候，（他們）愛民（之心）多麼深厚，憂民（之心）多麼急切，而且是用君子長者的（忠厚）德行來對待天下百姓啊！（百姓）有一點善行，（他們就）及時獎賞他，又及時歌唱讚美他，以此來為他有良好開端而高興，勉勵他慎終如始。（百姓）有一點惡行，（他們就）及時處罰他，又及時憐憫、警誡他，以此來（幫助他）摒棄舊日錯誤，並令他開始走上自新之路。

日益精進

宋代的科舉制度

宋代最初也以進士、明經等科取士。宋神宗時王安石對取士制度進行了改革，建議廢明經等科，只保留進士科；進士科不考詩賦，而主要考經義、策論，要求考生就一些問題展開論述，側重於考查考生解決問題的能力。

故其**籲俞**之聲，歡**休**慘慼，見於虞、夏、商、周之書。成、康既沒，**穆王**立而周道始衰，然猶命其臣**呂侯**，而告之以**祥刑**。其言憂而不傷，威而不怒，慈愛而能斷，**惻然**有哀憐無辜之心，故孔子猶有**取**焉。

籲：表示不以為然的歎息聲。　**俞：**歎詞，表示應允、許可。　**休：**喜悅。
穆王：周穆王，周康王孫。　**呂侯：**相傳周穆王時任司寇。　**祥刑：**善於用刑。
惻然：悲傷的樣子。　**取：**選擇。

所以他們歎息讚許的聲音，歡樂悲感（的情緒），（都）反映在虞、夏、商、周的文獻中。周成王和周康王逝世後，周穆王即位，周朝王道開始衰落，但是（周穆王）仍吩咐他的臣子呂侯，告誡他要善於用刑。周穆王的話憂感而不悲傷，威嚴而不憤怒，慈愛而能決斷，悲天憫人而有哀憐無罪者的心腸，所以孔子仍是將這篇《呂型》選進《尚書》中。

日益精進

宋代科舉考試的三級

分別為解（jiè）試、省試、殿試。解試又稱「鄉貢」，由各地方進行，一般每三年舉行一次，考試合格者可按一定條件到禮部參加省試。省試又稱「禮部試」，在京城舉行，由尚書省禮部主持。殿試首創於武則天時期，作為一種制度則是由宋太宗確立的，由皇帝親自在殿廷內主持，所以又稱「御試」「廷試」。蘇軾的這篇《刑賞忠厚之至論》，便是他在參加省試時寫的。

2 傳(zhuàn)曰：「賞疑從與，所以廣恩也。罰疑從去，所以慎刑  也。」當堯之時，**皋**(gāo)**陶**(yáo)為士，將殺人，皋陶曰殺之三，堯曰**宥**(yòu)之三。故天下畏皋陶執法之堅，而樂堯用刑之寬。**四岳**曰：「**鯀**(gǔn)可用。」堯曰：「不可。鯀**方** 

命**圮**(pǐ)  族。」既而曰：「試之。」

皋陶：傳說是虞舜時的司法官。　**宥：**寬容，饒恕，赦免。
四岳：四方諸侯之長，實為四方部落首領。　**鯀：**傳說是夏禹的父親。　**方：**違抗，違背。
圮：毀壞。

②

《尚書》傳文說：「準備賞賜時，如果還有懷疑，寧可賞賜，用來推廣恩澤。準備處罰時，如果還有懷疑，寧可赦免，用來（表示）慎於用刑。」在堯的時候，皋陶做執法官，準備處決一個罪犯，皋陶三次說殺掉他，堯三次說寬恕他。所以天下人懼怕皋陶執法的堅決，而喜歡堯用刑的寬大。四方諸侯的首領說：「鯀可以任用。」堯說：「不行。鯀違抗命令，殘害族人。」過了一會兒又說：「試試他吧。」

日益精進

狀元

科舉考試以名列第一者為「元」。唐代時，到禮部應試的舉人都要投狀，居首者被稱為「狀頭」，「狀元」之稱由此而來。宋代稱殿試一甲的第一、二、三名為「狀元」。元代以後，「狀元」才成為殿試第一名的專稱。中狀元是科名中的最高榮譽。

何堯之不聽皋陶之殺人，而從四岳之用鯀也？然則聖人之意，蓋亦可見矣。《書》曰：「罪疑惟輕，功疑惟重

；與其殺不辜，寧失不**經**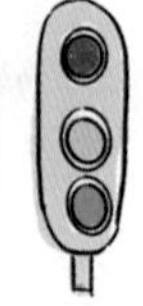。」嗚呼！**盡**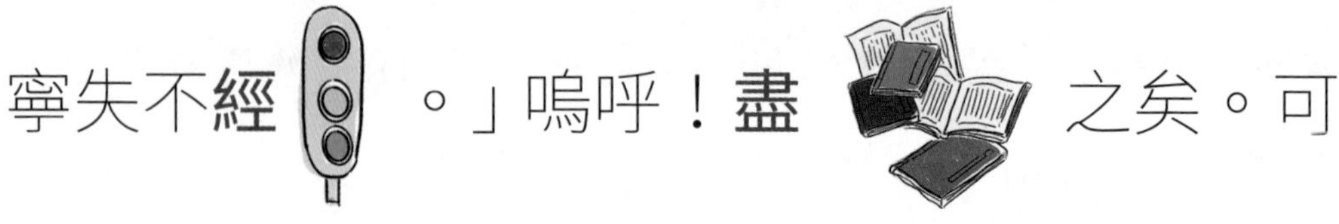之矣。可以賞，可以無賞，賞之過乎仁；可以罰，可以無罰，罰之過乎義。過乎仁，不失為君子；過乎義，則流而入於忍人。故仁可過也，義不可過也。

經：成規，原則。　**盡：**詳盡。

為甚麼堯不聽從皋陶處死犯人的主張，而聽取四方諸侯任用鯀的建議呢？既然這樣，那麼聖人的心意，大概也可以見到了。《尚書》說：「對罪行有疑問，當從輕處理，對功勞有懷疑，就從重賞賜；與其錯殺無辜者，寧願犯執法不嚴的過失。」唉！（這幾句話把「刑賞忠厚之至」的含義說得）很詳盡了。可以賞也可以不賞（的時候），獎賞了，就是過於仁慈；可以罰也可以不罰（的時候），懲罰了，就是超過道義（的邊界）。過於仁慈寬厚，尚不失為君子；超過了道義（的邊界），就流為殘忍之人了。所以仁慈可以過度，道義（的邊界）不容跨越。

日益精進

科舉考場內的「貓紙」

清代曾經出現過一種科舉考場內的「貓紙」，長 4.5 厘米，寬 3.8 厘米，厚 0.5 厘米，共九卷，約十萬字，裏面的每個字約 1 毫米見方。

③ 古者賞不以爵祿，刑不以刀鋸。賞之以爵祿，是賞之道行於爵祿之所加，而不行於爵祿之所不加也。刑以刀鋸，是刑之威施於刀鋸之所及，而不施於刀鋸之所不及也。先王知天下之善不勝(shēng)賞，而爵祿不足以**勸**也，知天下之惡不勝刑，而刀鋸不足以裁也。是故疑則舉而歸之於仁，以君子長(zhǎng)者之道待天下，使天下**相率**而歸於君子長者之道，故曰忠厚之至也。

勸：勸勉，鼓勵。　**相率：**相繼，一個接一個。

3

古時不用爵位和俸祿來賞賜，不用刑具執行刑罰。用爵位和俸祿賞賜，那麼賞賜的作用只局限在能夠賜予爵位和俸祿（的範圍），而不能推行到尚未達到賜予爵位和俸祿的範圍。刑罰只用刀子和鋸子，那麼刑罰的威力只能局限在刀鋸（之刑）所及（的方面），卻不能威懾那些不至於受刀鋸之刑的惡行。古代君王知道天下的善行賞賜不完，而爵位和俸祿也不足以用來勸勉（所有人行善），知道天下的惡行罰不完，而刀鋸之刑也不足以用來制裁（這些惡行）。所以（對賞罰）有懷疑時，就完全以仁慈（為宗旨）去處置，以君子長者的（忠厚）德行來對待天下百姓，使天下萬民不斷仿效君子長者的忠厚之道，所以說忠厚到了極點。

日益精進

金榜題名

進士榜也稱為「甲榜」。因為進士榜用黃紙書寫，所以也叫「黃甲」「金榜」。中進士也就被稱為「金榜題名」。

4

《詩》曰：「君子如**祉**(zhǐ)

，亂庶**遄**(chuán)已。君子如怒，亂庶遄**沮**(jǔ)

。」夫君子之已亂，豈有異術哉？制其喜怒，而無失乎仁而已矣。《春秋》之義：立法貴嚴而責人貴寬，**因**其褒貶之義以制賞罰，亦忠厚之至也。

祉：福，引申為喜悅。　**庶：**大概。　**遄：**迅速。　**沮：**停止，終止。　**因：**依。

4

《詩經》説：「如果君子喜歡聽（賢人之言），禍亂大概很快就會平息。如果君子怒責（讒人之語），災禍大概很快就會停止。」君子（對於）制止禍亂，難道有特別的方法嗎？控制個人喜怒，使它不違背仁厚原則罷了。《春秋》的大義是：立法貴在嚴厲，而處罰貴在從寬，按照它褒獎和批評的原則來把握賞罰（的尺度），也是忠厚到了極點。

日益精進

武科

科舉制度中專為選拔武官而設的科目，設立於武則天當政時期，稱為「武舉」。清代的武科分內外場，外場考試科目為馬箭、步箭、弓、刀、石，內場考的是默寫武經。

普通話朗讀